Le Singe

Stephen King

Le Singe

suivi du Chenal

Traduit de l'anglais (États-Unis)
par Michèle Pressé et Serge Quadruppani

Librio

Texte intégral

Nouvelles extraites de *Brume*
Titre original : *Skeleton Crew*

Cette édition est publiée par E.J.L.
avec l'aimable autorisation des Éditions Albin Michel

LE SINGE

Lorsque Hal Shelburn le vit, lorsque son fils Dennis le sortit du carton Ralston-Purina moisi qui avait été poussé très loin sous une avancée du toit dans le grenier, il fut saisi d'un tel sentiment d'horreur et d'incrédulité qu'un instant il crut qu'il allait pousser un hurlement. Comme pour le ravaler, il porta son poing à sa bouche... et se contenta de tousser. Terry et Dennis ne remarquèrent rien mais Petey jeta un regard curieux autour de lui.

– Ça, c'est chouette, déclara Dennis, la voix pleine d'une admiration respectueuse.

L'enfant ne s'était pas adressé à son père sur ce ton-là depuis bien longtemps. Dennis avait douze ans.

– Qu'est-ce que c'est ? demanda Petey. (Il lança un nouveau coup d'œil à son père avant de revenir, fasciné, sur ce qu'avait trouvé son grand frère.) Qu'est-ce que c'est, papa ?

– C'est un singe, couillon, répondit Dennis. T'en as jamais vu ?

– Ne traite pas ton frère de couillon, intervint Terry machinalement en fouillant dans un carton plein de rideaux. (Ils étaient poisseux de moisissure et elle les lâcha aussitôt.) Pouah !

– Est-ce que je peux le prendre, papa ? demanda Petey.

Il avait neuf ans.

– Et quoi encore ? s'écria Dennis. C'est moi qui l'ai trouvé !

– Hé, les garçons, s'il vous plaît, intervint Terry. Vous me donnez la migraine.

Hal les entendait à peine. Le singe, entre les mains de son fils aîné, lui jetait ce sourire grimaçant qu'il connaissait bien. Celui-là même qui avait hanté les cauchemars de son enfance, qui les avait hantés jusqu'à ce qu'il...

Dehors s'éleva une bourrasque glacée et des lèvres décharnées sifflèrent longuement une note dans la vieille gouttière rouillée. Petey se rapprocha de son père. Il observait avec inquiétude la charpente grossière hérissée de têtes de clous.

– Qu'est-ce que c'était, papa ? demanda-t-il.

Le sifflement se mourut en un bourdonnement grave.

– Le vent, tout simplement, répondit Hal sans quitter le singe des yeux.

Les cymbales, dans la lumière avare de l'unique ampoule, croissants de cuivre plutôt que cercles pleins, restaient immobiles, à quelque trente centimètres d'écart.

– Le vent siffle mais il ne connaît pas la musique, ne put-il s'empêcher d'ajouter.

Et il réalisa qu'il s'agissait d'une de ces petites phrases qu'affectionnait oncle Will.

La note revint. Des rafales de vent déferlaient de Crystal Lake en longs vrombissements graves et s'engouffraient par vagues dans la gouttière. Une demi-douzaine de souffles glacés frappèrent Hal en plein visage. Seigneur, cet endroit ressemblait tant au débarras situé sur l'arrière de la maison de Hartford !

Il lui semblait qu'ils avaient tous été transportés trente ans plus tôt.

Il ne faut pas que j'y pense.

Mais, bien entendu, il ne pouvait penser qu'à ça.

Le débarras où j'avais trouvé ce foutu singe exactement dans le même carton.

Avançant à croupetons sous la pente raide du toit, Terry s'était éloignée pour fouiller dans une cagette remplie de bric-à-brac.

– Je n'aime pas ça, dit Petey en cherchant la main de Hal. Dennis peut l' prendre si y veut. On y va, papa ?

– T'as peur des fantômes, espèce de trouillard ? se moqua Dennis.

– Ça suffit, Dennis, lança Terry d'un air absent.

Elle avait déniché un plat à gâteaux à motif chinois.

– C'est joli, ça. C'est...

Hal venait de s'apercevoir que Dennis avait découvert dans le dos du singe la clé qui permettait de le remonter. Battant de ses ailes noires, la terreur fondit sur lui.

– Ne touche pas à ça !

Ça lui était venu plus brutalement qu'il ne l'aurait souhaité et il avait arraché le singe des mains de Dennis avant même de réaliser ce qu'il faisait. Dennis se tourna vers lui, sidéré. Terry elle aussi le regarda pardessus son épaule et Petey leva les yeux. Pendant un moment ils firent tous silence ; et le vent siffla à nouveau, très faiblement cette fois, comme un appel déplaisant.

– C'est qu'il est certainement cassé, expliqua Hal.

Il était toujours cassé... sauf quand il décidait de ne plus l'être.

– C'était pas une raison pour me l'arracher, râla Dennis.

– La ferme, Dennis !

Celui-ci battit des paupières et, l'espace d'un instant, il eut presque l'air malheureux. Il y avait bien longtemps que Hal ne lui avait pas parlé si durement. Pas depuis qu'il avait perdu son emploi à la National Aerodyne, deux ans auparavant, et qu'ils avaient dû quitter la Californie pour s'installer au Texas. Dennis décida de ne pas faire d'histoires... pas pour l'instant en tout cas. Il se remit à fouiner dans le carton Ralston-Purina mais il n'y restait qu'un fouillis sans intérêt. Des jouets éventrés, ressorts et rembourrage à l'air.

Le vent était plus fort à présent. Il ne sifflait plus ; il ululait. Le grenier se mit à craquer doucement ; on aurait cru entendre des pas.

– Allez, papa, implora Petey à peine assez haut pour que son père puisse l'entendre.

– D'accord. Terry, on y va.

– Je n'ai pas fini...

– *On y va,* tu as entendu !

À son tour elle sembla stupéfaite.

Ils occupaient deux chambres contiguës dans un motel. À 10 heures les garçons dormaient dans la leur ; Terry s'était endormie elle aussi. Pendant le voyage du retour elle avait pris deux Valium. Pour se calmer et prévenir une migraine. Elle en absorbait beaucoup ces derniers temps. Ça avait commencé à peu près quand la National Aerodyne avait licencié Hal. Depuis deux ans il travaillait chez Texas Instruments... pour quatre mille dollars de moins sur l'année, mais au moins il travaillait. Il répétait souvent à Terry qu'ils avaient de la chance. Elle acquiesçait. « Il y a des tas de dessinateurs industriels au chômage », disait-il. Elle acquiesçait. « L'entreprise d'Arnette n'est pas plus mal que celle de Fresno », ajoutait-il. Elle acquiesçait toujours mais il savait bien qu'elle n'était pas convaincue. En plus, il perdait le contact avec Dennis. Il sentait que le gosse s'éloignait, qu'il manifestait très tôt un grand désir d'évasion – salut, Dennis, adieu, étranger, ça a été chouette de faire ce bout de chemin avec toi. Terry pensait que le gamin fumait de l'herbe. Elle en avait plusieurs fois reconnu l'odeur. « Il faut que tu lui parles, Hal. » À son tour il acquiesçait mais jusque-là il n'en avait encore rien fait. Les garçons dormaient, Terry aussi. Hal se rendit dans la salle de bains, ferma la porte à clé, s'assit sur l'abattant des W.-C. et contempla le singe.

Il l'avait en horreur, cette peluche brune et douce, râpée par endroits. Il détestait son sourire – *ce singe a un vrai sourire de nègre,* avait dit une fois oncle Will, mais il ne souriait pas comme un nègre ou qui que ce soit d'humain. Son sourire était tout en dents et si on tournait la clé ses lèvres se mettaient à bouger, ses dents semblaient plus grandes, comme des dents de vampire, ses lèvres se tordaient et les cymbales se mettaient en branle – singe odieux, odieux singe mécanique, odieux, odieux.

Il le laissa tomber. Ses mains tremblaient et il l'avait laissé tomber.

La clé cliqueta sur le carrelage de la salle de bains. Ce bruit lui parut très fort dans le silence. Le singe lui souriait, ses yeux d'ambre sombre fixés sur lui, des yeux de poupée, pleins d'une gaieté stupide, ses cymbales de cuivre prêtes à s'entrechoquer pour scander la marche de quelque fanfare venue de l'enfer. Sur son socle était inscrit MADE IN HONG KONG.

– Ce n'est pas possible que tu sois là, murmura-t-il. Je t'ai jeté dans le puits quand j'avais neuf ans.

Le singe lui souriait.

Dehors, dans la nuit, une noire bourrasque de vent secoua le motel.

Bill, le frère de Hal, et sa femme Collette les retrouvèrent le lendemain chez oncle Will et tante Ida.

– Ça t'a jamais traversé l'esprit qu'un décès dans la famille est une sale occasion pour renouer les liens ? lui demanda Bill avec un drôle de petit sourire.

On l'avait prénommé ainsi en l'honneur de l'oncle Will. « Will et Bill, les as du rodéééo », avait coutume de dire oncle Will en lui ébouriffant les cheveux. C'était une de ces petites phrases qu'il aimait à répéter... comme « le vent siffle mais il ne connaît pas la musique ». Oncle Will était mort six ans plus tôt et tante Ida avait vécu là, toute seule, jusqu'à ce qu'une attaque l'emporte, il y avait de ça une semaine. « Sans crier gare », avait dit Bill quand il avait appelé Hal pour lui annoncer la nouvelle. Comme s'il en savait quelque chose ; comme si quiconque pouvait savoir. Elle était morte, dans une solitude totale.

– Ouais, répondit Hal, j'y ai pensé.

Ils firent ensemble le tour de la maison, cette maison où ils avaient passé la fin de leur enfance. Leur père, un navigant de la marine marchande, avait disparu un jour – ils étaient tout jeunes encore – comme s'il avait été effacé de la surface de la terre ; Bill prétendait s'en rappeler vaguement mais, pour sa part, Hal n'en gardait aucun souvenir. Leur mère était morte quand Bill avait dix ans et Hal huit. Tante Ida les avait ramenés depuis Hartford par l'autocar Greyhound ; c'est ici qu'ils avaient grandi jusqu'à leur départ pour l'université. C'est à cet endroit qu'ils pensaient quand ils avaient la nostalgie de l'enfance. Bill n'avait pas quitté le Maine et avait monté à Portland un cabinet juridique aujourd'hui prospère.

Hal s'aperçut que Petey s'était éloigné vers le buisson de mûriers qui formait un enchevêtrement inextricable sur le côté est de la maison.

– Ne va pas par là, Petey ! s'écria-t-il.

Petey se retourna, étonné. Hal fut submergé par l'évidence de l'amour qu'il portait à son fils... et il repensa tout à coup au singe.

– Pourquoi, papa ?

– L'ancien puits se trouve quelque part par là, intervint Bill. J' sais pas où exactement. Ton père a raison, Petey, t'approche pas de ce coin. Y a bien trop d'épines. Pas vrai, Hal ?

– Ouais, répondit celui-ci machinalement.

Sans se retourner, Petey se dirigea vers la petite plage de galets. Dennis y était déjà, occupé à faire des ricochets. Le poids qui écrasait la poitrine de Hal se fit alors un peu moins lourd.

Bill avait peut-être oublié où était le vieux puits mais, à la fin de l'après-midi, Hal le retrouva sans la moindre hésitation en se frayant un chemin à travers les ronciers qui déchiraient sa vieille veste de flanelle et s'acharnaient sur ses yeux. Le souffle court, il s'immobilisa devant les planches gauchies et pourries qui le recouvraient. Après un instant d'hésitation, il s'agenouilla – ses genoux claquèrent comme des coups de feu – et repoussa deux d'entre elles.

Du fond de cette humide gorge de pierres un visage de noyé le contemplait, les yeux grands ouverts, la bouche grimaçante. Une plainte lui échappa. Elle était faible, mais au fond de son cœur elle éclata violemment.

C'était son propre visage qu'il voyait dans l'eau sombre. Pas celui du singe. Pendant un instant il avait cru que c'était celui du singe.

Il tremblait. Tout son corps tremblait.

Je l'ai jeté dans le puits. Je l'ai jeté dans le puits, ô mon Dieu ! ne me laissez pas sombrer dans la folie, je l'ai jeté dans le puits.

Celui-ci s'était asséché l'été de la mort de Johnny McCabe, l'année qui avait suivi l'arrivée de Bill et Hal chez oncle Will et tante Ida. Oncle Will avait emprunté de l'argent à la banque pour faire creuser un puits artésien et le fouillis de ronces avait fait disparaître l'ancien. Le puits asséché.

Mais l'eau était revenue. Comme le singe.

Cette fois-ci, il ne chasserait pas les souvenirs. Hal s'assit là, impuissant, les laissa remonter, essayant seulement de les accompagner, de les chevaucher comme un surfeur sur une vague géante qui l'écrasera s'il tombe de sa planche, essayant simplement de les traverser jusqu'à ce qu'ils se soient à nouveau estompés.

Il était venu là à la fin de l'été de la mort de Johnny McCabe en se frayant un chemin parmi les ronces couvertes de mûres ; leur odeur lourde l'avait écœuré. Personne ne les cueillait jamais sauf parfois tante Ida qui prenait les plus accessibles, en bordure des buissons, et en ramenait une poignée dans son tablier. Au plus épais de l'enchevêtrement, les fruits avaient dépassé le stade de la maturité, certains pourrissaient déjà, exsudant un liquide blanc épais comme du pus ; sous ses pieds, dans l'herbe haute, les criquets lançaient leur crissement obsédant et sans fin : *criii, criii, criii...*

Les épines l'avaient égratigné, faisant sourdre des gouttelettes de sang sur ses joues et ses bras nus. Il n'avait pas tenté de se protéger. La terreur l'aveuglait – à tel point qu'il avait failli trébucher sur les planches pourries qui obstruaient le puits ; il était passé à deux doigts de la chute qui aurait pu le précipiter dix mètres plus bas, sur le fond boueux.

Il avait fait tournoyer ses bras pour retrouver l'équilibre et s'était déchiré davantage encore sur les ronces. C'est à cause de ce souvenir-là qu'il avait rappelé Petey si sèchement.

C'était le jour de la mort de Johnny McCabe, son meilleur ami. Ce jour-là, Johnny avait grimpé jusqu'à la cabane qu'il s'était construite dans un arbre au fond de son jardin. Ils en avaient passé des heures, ensemble, cet été-là, à jouer aux pirates, à observer sur le lac des galions imaginaires, à faire tonner des canons, à prendre des *ris* dans les voiles (ils ne savaient d'ailleurs pas très bien ce que ça voulait dire), à préparer des abordages ! Johnny était monté dans l'arbre par l'échelle comme des milliers de fois auparavant et le dernier barreau avant la trappe d'accès à la cabane avait cédé sous ses mains ; il avait fait une chute de dix mètres et il s'était brisé la nuque, tout ça par la faute du singe, de ce singe, ce maudit singe ; quand le téléphone avait sonné, quand la bouche de tante Ida s'était ouverte d'un seul coup et avait formé un O horrifié parce que Milly, son amie du bas de la rue, venait de lui apprendre la nouvelle, quand elle avait dit : « Viens me rejoindre sous le porche, Hal, j'ai une mauvaise nouvelle à t'annoncer... », il avait pensé, étreint par un sentiment d'incontrôlable terreur : *Le singe ! qu'a encore fait ce singe ?*

Aucun reflet de son visage ne s'était imprimé au fond du puits le jour où il avait jeté le singe ; il n'y avait que des pavés et une boue fétide. Il avait contemplé le singe qui gisait sur l'herbe drue entre les enchevêtrements de mûriers, ses cymbales immobilisées, son large sourire grimaçant dans sa bouche lippue, sa fourrure râpée, miteuse, arrachée par plaques, ses yeux vitreux.

– Je te déteste, avait-il sifflé entre ses dents. (Il avait serré dans sa main le corps détestable, avait senti crisser la peluche élimée. Il souriait pendant qu'il le tenait face à lui.) Vas-y, lui avait-il lancé, provocateur, et pour la première fois de la journée il avait fondu en larmes.

Il l'avait secoué. Les cymbales avaient imperceptiblement tremblé. Comme un ver, le singe pourrissait tout ce qui était bon. Tout.

– Allez, vas-y, fais-les sonner ! fais-les sonner !

Le singe avait continué à sourire.

– Vas-y, fais-les sonner ! s'était-il écrié d'une voix maintenant hystérique. *Trouillard, trouillard, vas-y, fais-les sonner ! J' te défie d' le faire, j' suis sûr que t'oseras pas.*

Ses yeux d'un brun jaune. Son large sourire réjoui.

Alors, fou de colère et de terreur, il l'avait précipité au fond du puits. Il l'avait vu pirouetter, acrobate grotesque exécutant son numéro, et le soleil avait fait luire une dernière fois les cymbales. Il avait heurté le fond avec un bruit sourd et le choc avait sans doute enclenché le mécanisme, car soudain les cymbales s'étaient mises en branle. Le claquement ténu, régulier et entêté était monté jusqu'à ses oreilles, comme un écho venu de l'au-delà par la gorge de pierre du puits mort : *dzing-dzing-dzing-dzing...*

Hal avait plaqué sa main sur sa bouche ; un instant il avait cru le voir, là au fond – ce n'était peut-être qu'un effet de son imagination –, gisant dans la boue, ses yeux flamboyant de colère fixés sur le petit visage rond de l'enfant qui l'observait à la dérobée par la bouche du puits (comme s'il voulait marquer ce visage pour toujours), ses lèvres s'entrouvrant et se refermant sur son sourire grimaçant, ses cymbales s'entrechoquant, drôle de singe mécanique.

Dzing-dzing-dzing-dzing, qui est mort ? Dzing-dzing-dzing-dzing, est-ce que c'est Johnny McCabe qui est tombé les yeux grands ouverts, qui a fait sa propre pirouette quand il a fendu l'air de ce si bel été, les mains toujours crispées sur l'échelon cassé, pour se briser sur le sol dans un claquement sec et brutal, le sang giclant par son nez, sa bouche et ses yeux grands ouverts ? C'est Johnny, Hal ? C'est Johnny ou c'est toi ?

En gémissant, Hal avait repoussé les planches sur le trou ; il s'était enfoncé des échardes dans les mains mais ça ne comptait pas ; s'en était-il même aperçu sur le coup ? Toutefois, malgré les planches, il avait continué à entendre le bruit, assourdi maintenant et, curieusement, plus insupportable encore ; en bas, dans l'obscurité au visage de pierre, il faisait claquer ses cymbales en agitant par saccades son corps répugnant, et le bruit parvenait au garçon comme dans un cauchemar.

Dzing-dzing-dzing-dzing, qui est mort cette fois ?

Il s'était frayé avec difficulté un chemin à travers les ronciers qui s'agrippaient à lui. Les épines avaient tracé à vif sur son visage des lignes de sang frais, des boules de bardane s'étaient accrochées aux revers de ses jeans ; à un moment il s'était même étalé de tout son long. Et dans ses oreilles retentissait toujours ce claquement, comme s'il était lancé à sa poursuite. Oncle Will l'avait découvert bien plus tard, en larmes, assis sur un vieux pneu du garage ; il avait pensé que Hal pleurait la mort de son meilleur ami. C'était vrai ; mais il pleurait aussi sous le choc de la terreur qu'il avait éprouvée.

Il avait jeté le singe au fond du puits dans l'après-midi. Ce soir-là, alors que le crépuscule tombait sur le brouillard luisant qui recouvrait le sol comme un manteau, une voiture lancée trop vivement pour la visibilité réduite avait écrasé le chat de tante Ida et poursuivi sa route. Devant les entrailles répandues de l'animal, Bill s'était mis à vomir tandis que tante Ida sanglotait – la mort de son chat, après ce qui était arrivé au petit McCabe, avait provoqué chez elle une crise de larmes quasiment hystérique et il avait fallu près de deux heures à oncle Will pour réussir à la calmer tout à fait – mais Hal s'était contenté de se détourner, le visage pâle et fermé, comme s'il était à des miles de là. Son cœur était empli d'une jubilation glacée. Ça n'avait pas été son tour. Ça avait été celui du chat de tante Ida, pas le sien, ni celui de son frère Bill ou d'oncle Will (les deux as du rodéééo). Et maintenant, ils étaient débarrassés du singe ; il avait disparu au fond du puits, et ce n'était pas trop cher payé qu'un chat miteux aux oreilles galeuses. S'il voulait encore faire claquer ses cymbales infernales, qu'il le fasse ! Il pouvait bien les frapper et les faire sonner pour les punaises et les cafards, ces créatures noires et rampantes qui vivaient dans le boyau minéral du puits. Ses rouages, ses engrenages et ses ressorts haïs allaient rouiller en bas. Il allait mourir. Dans l'obscurité et la boue. Les araignées tisseraient son linceul.

Mais... il était de retour.

Lentement, Hal recouvrit le puits, comme il l'avait fait ce jour-là, et dans ses oreilles résonna l'écho fantomatique des cymbales du singe : *dzing-dzing-dzing-dzing, qui est mort, Hal ? Est-ce Terry ? ou bien Dennis ? Est-ce que c'est Petey, Hal ? C'est lui que tu préfères, n'est-ce pas ? Est-ce que c'est lui ? Dzing-dzing-dzing...*

– Pose ça !

Petey sursauta et laissa tomber le singe ; l'espace d'un insupportable instant, Hal crut que ça y était, que le choc allait déclencher le mécanisme, que les cymbales allaient se mettre à battre et à claquer.

– Tu m'as fait peur, papa !

– Excuse-moi. Je voulais seulement... Je ne veux pas que tu joues avec ça.

Les autres étaient allés au cinéma ; il avait pensé qu'il serait de retour au motel avant eux. Mais il s'était attardé plus longtemps qu'il ne l'avait cru ; les vieux souvenirs détestés semblaient vivre dans un espace temporel éternel qui leur était propre.

Il avait trouvé Terry assise à côté de Dennis ; elle regardait le feuilleton *Les Péquenots de Beverly Hills* à la télévision. L'attention hébétée qu'elle portait à ces images altérées par le temps révélait une récente prise de Valium. Dennis était plongé dans la lecture d'un magazine de rock qui affichait Culture Club en couverture. Petey, assis en tailleur sur le tapis, jouait avec le singe.

– De toute façon il ne marche pas, dit Petey.

Voilà donc pourquoi Dennis le lui a laissé. Cette pensée laissa Hal honteux et furieux contre lui-même. Il ressentait de plus en plus souvent une irrépressible hostilité envers Dennis mais, après coup, il se sentait vil et mesquin... désespéré.

– Non, répondit-il. Il est trop vieux. Je vais le jeter.

Il tendait la main et Petey, l'air troublé, le lui remit.

– P'pa est en train de devenir complètement schizo, lança Dennis à sa mère.

Sans prendre le temps de réfléchir, tenant toujours à la main le singe qui semblait grimacer son approbation, Hal traversa la pièce. Il saisit Dennis par sa chemise et le souleva de son fauteuil. On entendit quelque chose se déchirer. L'expression choquée de Dennis était presque comique. *Rock Wave* tomba par terre.

– Hé !

– Toi, viens avec moi, s'écria Hal sévèrement en entraînant son fils vers la pièce voisine.

– Hal ! hurla presque Terry.

Petey roulait des yeux ronds.

Hal fit entrer Dennis dans la chambre. Il claqua la porte et envoya valser contre elle le garçon. Dennis commençait à avoir l'air effrayé.

– Tu as une sacrée grande gueule maintenant, lui dit Hal.

– Lâche-moi ! Tu déchires ma chemise ! tu...

À nouveau Hal plaqua violemment l'enfant contre la porte.

– Oui, répéta-t-il, une sacrée grande gueule. C'est à l'école qu'on t'apprend ça ? À moins que ce ne soit là où tu te défonces ?

Dennis s'empourpra, défiguré un moment par la honte.

– Je ne serais pas dans cette école de merde si tu t'étais pas fait foutre à la porte ! éclata-t-il.

Une fois encore Hal le précipita contre la porte.

– J'ai pas été viré, j'ai été victime d'un licenciement économique, tu le sais bien, et j'ai pas besoin que tu m'emmerdes avec ça. T'as des problèmes ? T'es pas le seul. En tout cas ne me les balance pas dans la figure. Tu as de quoi manger. Tu as des fringues sur le cul. Tu as douze ans et c'est pas un gosse de douze ans qui... va m'emmerder... comme ça.

Il scandait chaque phrase en tirant brutalement le garçon vers lui, jusqu'à ce que leurs nez se touchent presque, puis il le projetait à nouveau contre la porte. Pas suffisamment fort pour lui faire mal, mais assez pour que Dennis ait peur – son père n'avait pas levé la main sur lui depuis qu'ils étaient arrivés au Texas – et il se mit à pleurer et à hoqueter comme le jeune garçon braillard et en bonne santé qu'il était.

– Allez, vas-y, frappe-moi ! lança-t-il à Hal, son visage tordu et rougi par plaques. Frappe-moi si ça peut te faire plaisir, je sais bien que tu me détestes !

– Tu sais bien que ce n'est pas vrai. Je t'aime fort, Dennis. Mais je suis ton père et tu vas me témoigner un peu plus de respect ou je te casse la figure.

Dennis tenta de se dégager. Hal l'attira contre lui et l'enferma dans ses bras. Le garçon se débattit un moment puis il se laissa aller, le visage blotti contre la poitrine de son père, et pleura, épuisé. Depuis des années Hal n'avait plus entendu l'un de ses fils sangloter ainsi. Il ferma les yeux et s'aperçut qu'il était, lui aussi, à bout de forces.

– Arrête, Hal ! Je ne sais pas ce que tu fais, mais arrête ! cria Terry en martelant la porte de ses poings.

– Je ne vais pas le tuer, répondit-il. Fiche-nous la paix !

– Ne...

– T'en fais pas, m'man, l'interrompit Dennis, d'une voix assourdie par la poitrine de son père.

Après un temps de silence perplexe elle se décida à s'éloigner. Hal regarda à nouveau l'enfant.

– J' m'excuse de t'avoir parlé comme ça, p'pa, lâcha Dennis sans conviction.

– Bon, ça va. J'accepte tes excuses. La semaine prochaine, quand on sera de retour à la maison, je te laisserai deux ou trois jours avant de fouiller tes tiroirs, Dennis. Si l'un ou l'autre renferme quelque chose que tu ne souhaites pas que je vole, t'as intérêt à t'en débarrasser.

Nouvelle bouffée de honte. Dennis baissa les yeux et, du revers de sa main, essuya une coulée de morve.

– J' peux y aller maintenant ? demanda-t-il, renfrogné à nouveau.

– Bien sûr, répondit Hal, et il le lâcha.

Faut à tout prix que je l'emmène camper au printemps ; rien que nous deux. Pêcher un peu, comme oncle Will le faisait avec Bill et moi. Faut resserrer les liens. Essayer en tout cas.

Il s'assit sur le lit dans la chambre désertée et contempla le singe. *Vous ne serez plus jamais proches l'un de l'autre, Hal,* semblait grimacer son sourire. *Je te le garantis. Je suis de retour et je vais reprendre la situation en main, comme tu as toujours su que je le ferais un jour.*

Hal jeta le singe et posa la main sur ses yeux.

Cette nuit-là, dans la salle de bains, Hal réfléchissait en se brossant les dents. *Il était dans le même carton. Comment pouvait-il se trouver dans le même carton ?*

Il fit un faux mouvement et sa brosse à dents lui blessa les gencives. Il eut un rictus de douleur.

Il avait quatre ans, Bill six, la première fois qu'il avait vu le singe. Leur père si souvent absent avait acheté une maison à Hartford : elle était bien à eux, entièrement payée, avant qu'il ne meure ou ne disparaisse dans un trou quelque part dans le vaste monde, ou Dieu sait quoi d'autre. Leur mère était alors secrétaire à l'usine d'hélicoptères Holmes de Westville et, auprès des garçons, ou du moins, pendant la journée, auprès de Hal, car Bill était au cours préparatoire, c'était la valse des baby-sitters. Aucune d'elles ne restait bien longtemps. Elles tombaient enceintes et épousaient leur petit ami ou bien rentraient chez Holmes ou alors, un beau jour, Mme Shelburn découvrait qu'elles avaient bu un peu du madère réservé à la cuisine ou du cognac qu'elle gardait dans un buffet pour les grandes occasions.

La plupart étaient assez stupides et semblaient n'avoir qu'un but dans la vie, manger et dormir. Aucune ne lisait d'histoires à Hal comme le faisait sa mère.

Cet interminable hiver-là, la baby-sitter était une immense Noire très soignée prénommée Beulah. Elle déployait des trésors d'affection pour Hal quand sa mère était là mais n'hésitait pas à le pincer dès que celle-ci avait le dos tourné. Hal l'aimait bien malgré tout ; de temps en temps elle lui lisait l'un des récits hauts en couleur de ces magazines à l'eau de rose dont elle raffolait – « Alors pour la rousse voluptueuse, la mort s'en vint », entonnait-elle d'un ton sinistre dans le silence somnolent de l'après-midi et elle engouffrait un autre chocolat fourré de crème au beurre de cacahuètes pendant que Hal étudiait avec gravité les illustrations grenues en buvant une tasse de lait. L'affection qu'il éprouvait pour elle rendit plus tragique encore ce qui arriva.

Il avait trouvé le singe par un jour froid et nuageux de mars. La grêle frappait la vitre par intermittence ;

Beulah était assoupie sur le canapé, un exemplaire du magazine *Mon histoire* ouvert sur sa poitrine superbe.

Hal s'était glissé dans le débarras pour fouiller dans les affaires de son père.

C'était un espace de rangement qui courait tout le long du côté gauche de la maison, au premier étage, espace inutilisé qui n'avait jamais été vraiment aménagé. On y entrait par une petite porte – un genre de trou de lapin – située dans la chambre des garçons, dans le coin de Bill. Ils aimaient tous deux y pénétrer, même s'il était glacial en hiver et assez chaud en été pour faire couler de vos pores un plein seau de sueur. Long et étroit mais assez douillet tout compte fait, le débarras était rempli d'un bric-à-brac fascinant. Quand on croyait avoir tout vu, il en restait encore. Bill et Hal avaient passé des après-midi entiers là-dedans ; ils se parlaient à peine, sortaient des objets de leurs boîtes, les examinaient, les tournaient et les retournaient afin de se pénétrer de la réalité unique de chacun, puis ils les remettaient en place. Hal se demandait à présent s'ils n'avaient pas tenté ainsi, du mieux qu'ils le pouvaient, d'établir le contact avec leur père disparu.

Titulaire d'un brevet de navigation, il avait travaillé dans la marine marchande et des monceaux de cartes marines étaient empilées dans le débarras ; sur certaines on avait dessiné de chouettes cercles (avec le petit trou de la pointe du compas au centre de chacun d'eux). Il y avait vingt volumes d'un truc appelé *Le Guide Barron de la navigation,* une série de paires de jumelles brouillées qui vous faisaient les yeux brûlants et bizarres si vous regardiez dedans trop longtemps. Il y avait des objets pour touristes, souvenirs rapportés d'une douzaine d'escales – des poupées hawaiiennes en caoutchouc, un chapeau melon en carton noir entouré d'un ruban déchiré sur lequel était écrit : T'AS VU MONTER PERSONNE, J'AI VU MONTE-CARLO, une boule de verre avec une petite tour Eiffel à l'intérieur. Il y avait des enveloppes contenant des timbres étrangers soigneusement classés, des pièces de monnaie de différents pays, des échantillons de roches rapportés de l'île Maui et de drôles de disques en langues étrangères – d'un noir aussi lisse qu'un miroir –, lourds et un peu inquiétants.

Ce jour-là, alors que la grêle criblait le toit juste au-dessus de sa tête, Hal s'était glissé tout au fond du débarras, avait écarté un carton et en avait aperçu un autre juste derrière celui-là : un carton Ralston-Purina. Deux yeux vitreux couleur noisette regardaient par-dessus le bord ; il avait tressailli et s'était précipité vers la porte, le cœur battant, comme s'il venait de découvrir un Pygmée meurtrier. Puis il avait réalisé qu'il demeurait silencieux, avait noté l'immobilité de son regard et compris qu'il s'agissait d'un quelconque jouet. Il s'était approché à nouveau et l'avait sorti du carton avec précaution.

Le singe souriait de son sourire sans âge, toutes dents dehors sous la lumière jaune ; ses cymbales étaient écartées.

Enchanté de sa trouvaille, Hal l'avait tourné et retourné en tous sens et avait senti le crissement de sa fourrure pelucheuse. Son drôle de sourire lui avait plu. Pourtant n'avait-il pas ressenti autre chose encore ? Une sensation de dégoût presque instinctive qui était venue et repartie presque avant qu'il n'en prenne conscience ? Peut-être, mais s'agissant d'un souvenir aussi ancien que celui-ci, il fallait prendre soin de ne pas trop déformer les faits. Les souvenirs lointains peuvent mentir. Mais... n'avait-il pas remarqué la même expression sur le visage de Petey, dans le grenier de la maison de famille ?

Il avait vu la clé fixée dans le dos du singe et l'avait manœuvrée. Elle avait tourné bien trop facilement ; il n'y avait pas eu le moindre cliquetis. Cassé, alors. Cassé mais chouette quand même.

Il l'avait sorti du débarras pour jouer avec.

– C'est quoi c' truc-là, Hal ? avait demandé Beulah en se réveillant.

– Rien, avait-il répondu. J' l'ai trouvé.

Il l'avait posé près de son lit sur l'étagère, au-dessus de son album de coloriages *Lassie, chien fidèle*, souriant, le regard perdu dans l'espace, les cymbales écartées. Il était cassé mais souriait quand même. Cette nuit-là, Hal, la vessie pleine, avait émergé d'un rêve tourmenté et s'était levé pour se rendre aux toilettes dans le couloir. À l'autre bout de la chambre, Bill n'était qu'une masse informe de couvertures animées par une respiration.

Hal était revenu à demi endormi... et soudain, dans l'obscurité, le singe avait commencé à heurter ses cymbales.

Dzing-dzing-dzing-dzing...

L'enfant s'était réveillé tout à fait, comme si on l'avait frappé au visage avec une serviette humide et froide. Son cœur avait fait un bond vertigineux et un petit cri de souris s'était échappé de sa gorge. Les yeux écarquillés, les lèvres tremblantes, il avait regardé le singe fixement.

Dzing-dzing-dzing-dzing...

Le corps de celui-ci se balançait et s'arquait sur l'étagère. Ses lèvres s'ouvraient et se fermaient sur une joie hideuse révélant de monstrueuses dents carnivores.

– Arrête, avait murmuré Hal.

Son frère s'était retourné dans son lit et avait grogné bruyamment. Tout le reste était silencieux... sauf le singe. Les cymbales claquaient et résonnaient ; il allait sûrement réveiller son frère, sa mère, le monde entier. Il allait réveiller les morts.

Dzing-dzing-dzing-dzing...

Hal s'était approché de lui dans l'intention de le faire taire d'une façon ou d'une autre, peut-être en glissant la main entre les cymbales jusqu'à ce que le mécanisme se détende, mais il s'était arrêté tout seul. Les cymbales s'étaient réunies une dernière fois – *dzing !* – et s'étaient lentement écartées pour reprendre leur position initiale. Le cuivre luisait dans la pénombre. Le singe souriait de toutes ses dents d'un jaune sale.

La maison avait replongé dans le silence. Sa mère s'était retournée dans son lit et, en écho à celui de Bill, avait émis à son tour un grognement. Hal était retourné se coucher et, le cœur battant la chamade, il avait tiré bien haut les couvertures en pensant : *Demain je le remettrai dans le débarras. Je n'en veux pas.*

Mais le lendemain il avait oublié de ranger le singe car Mme Shelburn n'était pas allée travailler. Beulah était morte. Leur mère n'avait pas voulu leur raconter ce qui s'était passé exactement. « C'était un accident, un terrible accident », leur avait-elle seulement dit. Mais, cet après-midi-là, en rentrant de l'école, Bill avait acheté un journal et avait ramené dans leur chambre, cachée sous sa chemise, la page quatre. Pendant que leur mère préparait le dîner dans la cuisine, il avait, en butant sur les mots, lu l'article à son frère, mais Hal avait pu déchiffrer lui-même le gros titre : « DEUX JEUNES FEMMES ASSASSINÉES POUR UN DIFFÉREND DOMESTIQUE – Beulah McCaffery, 19 ans, et Sally Tremont, 20 ans, ont été abattues par le petit ami de Mlle McCaffery, Léonard White, 25 ans, alors qu'ils se disputaient pour savoir qui sortirait prendre livraison d'une commande passée chez le traiteur chinois... Mlle Tremont est décédée à l'hôpital de Hartford. Beulah McCaffery est morte sur le coup. »

C'est comme si Beulah avait disparu dans l'un de ses magazines à scandales, avait pensé Hal, et il avait senti un frisson glacé remonter le long de sa colonne vertébrale et lui enserrer le cœur. C'est alors qu'il avait réalisé que les coups de feu avaient été tirés à peu près au moment où le singe...

– Hal ? demanda Terry d'une voix somnolente, tu viens te coucher ?

Il cracha son dentifrice dans le lavabo et se rinça la bouche.

– Oui, acquiesça-t-il.

Plus tôt dans la soirée il avait rangé le singe dans sa valise soigneusement verrouillée. Ils reprenaient l'avion pour le Texas deux ou trois jours après. Mais auparavant il allait se débarrasser une bonne fois pour toutes de cet objet maudit.

D'une façon ou d'une autre.

– Tu n'y es pas allé de main morte avec Dennis cet après-midi, lui reprocha Terry dans le noir.

– Ça fait un bon moment qu'il a besoin d'être repris en main, il me semble. Il a perdu pied, je ne voudrais pas qu'il se casse la figure.

– Sur le plan psychologique, frapper un enfant n'a jamais été...

– Je ne l'ai pas *frappé*, Terry, nom d'un chien !

– ... le bon moyen d'affirmer son autorité.

– Oh, je t'en prie, arrête avec ces conseils sortis tout droit de tes groupes de réflexion de merde ! lança-t-il avec colère.

– Je vois, tu ne veux pas qu'on parle de ça.

Sa voix était glacée.

– Je lui ai dit aussi que je ne voulais pas de drogue sous notre toit.

– C'est vrai ? demanda-t-elle avec anxiété. Comment l'a-t-il pris ? Qu'a-t-il répondu ?

– Allons, Terry ! Que pouvait-il dire ? Que j'étais viré ?

– Hal, qu'est-ce qui te prend ? T'es pas comme ça d'habitude... Qu'est-ce qui ne va pas ?

– Rien, répondit-il en pensant au singe enfermé dans sa Samsonite.

Pourrait-il l'entendre s'il se mettait à faire claquer ses cymbales ? Oui, certainement. Faiblement, mais il l'entendrait. Sonnant le glas pour quelqu'un comme il l'avait fait pour Beulah, Johnny McCabe, Daisy, la chienne de l'oncle Will. *Dzing-dzing-dzing...*

– Tu es là, Hal ?

– Je suis un peu tendu en ce moment.

– J'espère qu'il n'y a pas autre chose. En tout cas, je n'aime pas quand tu es comme ça.

– Ah bon ? (La suite lui échappa avant qu'il ait pu la retenir – il ne chercha même pas à la retenir.) T'as qu'à prendre un Valium et tu verras à nouveau la vie en rose.

Il entendit son souffle oppressé tout à coup. Puis elle se mit à pleurer. Il aurait pu essayer de la réconforter (peut-être) mais il s'en sentait incapable. Il y avait trop de terreur en lui. Ça irait mieux quand le singe aurait disparu, disparu pour de bon. Seigneur, par pitié, pour de bon cette fois.

Il chercha le sommeil jusque tard dans la nuit, jusqu'aux premières lueurs grises du matin. Mais il pensait avoir trouvé ce qu'il fallait faire.

La deuxième fois, c'est Bill qui avait trouvé le singe. C'était environ un an et demi après que le décès de Beulah McCaffery eut été constaté sur les lieux du crime. C'était l'été. Hal venait d'achever sa dernière année d'école maternelle.

Il rentrait après un après-midi de jeux.

– Lave-toi les mains, jeune homme, tu es sale comme un petit cochon, s'était écriée sa mère

Elle lisait en buvant un thé glacé, assise sous le porche. Elle était en congé, pour deux semaines.

Hal avait symboliquement passé ses mains sous l'eau froide et en avait laissé les empreintes crasseuses sur la serviette.

– Où est Bill ?

– Là-haut. Dis-lui de ranger son coin. Il y a une de ces pagailles !

Hal, toujours ravi de transmettre une nouvelle désagréable, avait gravi les escaliers quatre à quatre. Son frère était assis par terre. La petite porte d'accès au débarras était entrebâillée, semblable à l'entrée d'un terrier de lapin. Bill tenait le singe entre ses mains.

– Il est cassé, s'était écrié Hal précipitamment.

Il se souvenait à peine de cette nuit où il était revenu des toilettes et où le singe s'était mis à frapper ses cymbales, pourtant il était inquiet. Une semaine après environ, il avait fait un cauchemar à propos du singe et de Beulah – il ne se le rappelait plus précisément. Il s'était réveillé en hurlant avec l'impression que le poids léger qu'il sentait sur sa poitrine était celui du singe, et qu'en ouvrant les yeux il le verrait sourire devant lui. Bien entendu il ne s'agissait que de son oreiller qu'il étreignait éperdument. Pour le calmer, sa mère lui avait apporté un verre d'eau et deux cachets d'Aspirine pour bébé d'un orange crayeux, équivalents du Valium à l'usage des enfants perturbés. Elle avait mis ce cauchemar sur le compte de la mort de Beulah. C'était bien de cela qu'il s'agissait, mais pas exactement comme elle le croyait.

Ses souvenirs étaient très flous à présent, mais le singe l'effrayait toujours, surtout ses cymbales. Et ses dents.

– Je sais, avait répondu Bill en jetant le jouet. C'est bête.

Il avait atterri sur le lit de Bill, les yeux fixés sur le plafond, les cymbales immobiles. Hal n'aimait pas le voir là.

– Tu veux qu'on aille acheter des sucettes chez Teddy ?

– J'ai déjà dépensé tout mon argent de poche, avait répondu Hal. En plus, maman a dit que tu devais ranger ton coin.

– Ça peut attendre, avait dit Bill. Tu veux que je te prête du fric ?

Bill lui infligeait bien parfois une brûlure indienne, ou alors il le faisait tomber, ou encore le frappait sans raison, mais dans l'ensemble il était sympa.

– D'ac, s'était écrié Hal plein de gratitude. Mais je vais d'abord remettre ce singe cassé dans le débarras.

– Laisse tomber. On y va-va-va.

Bill était déjà debout.

Son frère l'avait suivi. Les humeurs de Bill étaient changeantes et s'il perdait du temps à ranger le singe, Hal risquait de rater sa sucette. Ils étaient allés chez Teddy et en avaient acheté, et pas n'importe lesquelles : des super à la myrtille ! Puis ils avaient rejoint des gamins qui commençaient une partie de base-ball. Hal, trop petit pour jouer, s'était assis à l'écart, sur la touche, léchant sa sucette à la myrtille et courant derrière les balles perdues. Ils n'étaient pas rentrés à la maison avant la nuit et avaient tous les deux eu droit à une bonne tape sur les fesses : Hal à cause de la serviette sale et Bill parce qu'il n'avait pas rangé ses affaires. Après le dîner il y avait eu la télé et, en fin de compte, Hal avait complètement oublié le singe. Ce dernier s'était retrouvé, on ne sait comment, sur l'étagère de Bill, juste à côté de la photo dédicacée de Bill Boyd. Et il y était resté pendant presque deux ans.

Au fil du temps, Mme Shelburn avait eu de plus en plus de difficulté à payer des baby-sitters, et à partir du moment où Hal avait eu sept ans, elle les avait quittés chaque matin sur ces mots :

– Prends bien soin de ton frère, Bill.

Mais ce jour-là, son aîné ayant été retenu à l'école, Hal avait dû rentrer seul à la maison. Il s'était arrêté à chaque coin de rue, attendant qu'il n'y ait plus la moindre voiture à l'horizon avant de s'élancer pour traverser à toute vitesse, les épaules rentrées, comme un soldat franchissant un no man's land. Il avait pénétré dans la maison en prenant la clé sous le paillasson et s'était précipité sur le frigo pour se servir un verre de lait. Il avait saisi la bouteille, mais soudain, elle lui avait échappé des mains et s'était cassée sur le sol en mille morceaux. Il y avait eu des éclats de verre partout.

Dzing-dzing-dzing-dzing, avait-il entendu venant de leur chambre. *Dzing-dzing-dzing-dzing. Salut, Hal ! Bienvenue à la maison. Mais au fait, est-ce que ce n'est pas ton tour ? Ce ne serait pas à toi cette fois-ci ? Est-ce qu'à leur retour ils ne vont pas te trouver raide mort ?*

Il était resté là, immobile, à regarder le verre brisé et la mare de lait, plein d'une terreur qu'il ne pouvait ni nommer ni comprendre. Elle sourdait tout simplement de chacun de ses pores.

Il s'était précipité dans l'escalier. Le singe était toujours sur l'étagère de Bill, dans leur chambre. Il avait l'air de le dévisager. Il avait fait tomber la photo dédicacée de Billy Boyd, face contre le lit de Bill. Il s'agitait, souriait et faisait claquer ses cymbales. Hal s'en était doucement approché ; il n'avait pu s'en empêcher, ça avait été plus fort que lui. Les cymbales s'écartaient d'une brusque secousse, se heurtaient et s'écartaient une nouvelle fois. Arrivé près du singe, Hal avait entendu les rouages qui tournaient dans ses entrailles.

Brusquement, avec un cri de dégoût et de terreur, il l'avait fait valser de l'étagère comme on ferait avec un insecte. Le singe avait heurté l'oreiller de Bill puis avait atterri sur le sol, cymbales toujours en mouvement, *dzing-dzing-dzing,* lèvres étirées puis refermées, et il était resté là, couché sur le dos dans une flaque de soleil en cette fin avril.

Hal lui avait donné un coup de pied, il avait frappé aussi fort que possible et, cette fois-ci, le cri qui lui avait échappé était un cri de fureur. Le singe avait voltigé à travers la pièce au ras du sol, rebondi contre le mur et s'était immobilisé. Hal lui avait fait face, les poings serrés, le cœur battant. Le singe souriait, un éclat de soleil comme une pointe d'aiguille dans l'un de ses yeux de verre. *Donne-moi autant de coups de pied que tu veux*, semblait-il lui dire, *je ne suis fait que de rouages, de mécanismes et d'un engrenage à vis sans fin ou deux, donne-moi autant de coups de pied que tu en as envie, je ne suis pas réel, juste un drôle de singe mécanique, c'est tout ce que je suis. Qui est mort ? Il y a eu une explosion à l'usine d'hélicoptères ! Qu'est-ce qui s'élève ainsi dans le ciel comme une grosse boule de bowling ensanglantée avec des yeux là où devraient se trouver les trous pour les doigts ? Est-ce la tête de ta mère, Hal ? Ouh ! Quelle trajectoire emprunte la tête de ta mère ! Ou alors au coin de Brook Street ! Regarde par là, la voiture roulait trop vite ! Le conducteur était saoul ! Il y a un Bill de moins sur terre ! As-tu entendu le craquement quand les roues sont passées sur son crâne et quand son cerveau a giclé par ses oreilles ? Oui ? Non ? Peut-être ? ne me demande rien, je ne sais pas, je ne peux pas savoir, tout ce que je sais faire c'est frapper ces cymbales, dzing-dzing-dzing. Qui est mort sur le coup, Hal ? Ta mère ? Ton frère ? Ou bien est-ce toi, Hal ? Est-ce toi ?*

Il s'était précipité à nouveau sur lui dans l'intention de le piétiner, de l'écraser, de lui sauter dessus à pieds joints jusqu'à ce que mécanismes et rouages volent en éclats, que ces horribles yeux de verre roulent sur le sol. Mais au moment où il l'avait atteint, les cymbales s'étaient rapprochées une fois de plus,. très doucement... (*dzing*)... Quelque part à l'intérieur un ressort venait de libérer un dernier cran... on aurait dit qu'une aiguille de glace s'était frayé un chemin jusqu'au plus profond de son cœur et le transperçait, brisant net sa fureur et le laissant une nouvelle fois malade de terreur. Le singe semblait le savoir – comme son sourire paraissait joyeux !

Saisissant entre le pouce et l'index de sa main droite un de ses bras, Hal l'avait ramassé, la bouche tordue par la répulsion comme s'il avait tenu un cadavre. La fausse fourrure râpée semblait chaude et fiévreuse contre sa peau. Il avait ouvert fébrilement la petite porte du débarras et avait allumé la lumière. Tout le temps où il avait rampé le long des rangements entre les échafaudages de cartons, les livres de navigation, les albums de photos et leur odeur de produits chimiques éventés, les souvenirs et les vieux vêtements, le singe avait souri et Hal avait pensé : *S'il se met à frapper ses cymbales et à bouger dans ma main je vais hurler, et si je hurle il ne se contentera plus de sourire, il rira, il rira de moi et je deviendrai fou et on me retrouvera ici, bavant et riant comme un fou. Je serai fou. Mon Dieu, je t'en prie, Seigneur, par pitié ne me laisse pas devenir fou...*

Il était arrivé au fond, avait repoussé deux boîtes de ses mains crispées et, renversant le contenu de l'une d'elles, il avait fourré le singe dans le carton Ralston-Purina. Légèrement replié sur lui-même, celui-ci avait l'air de s'y trouver parfaitement à son aise, comme s'il était enfin de retour chez lui, cymbales écartées, son sourire simiesque semblant toujours se moquer de Hal. Ce dernier rampa à reculons, transpirant abondamment, chaud et froid, feu et glace à la fois ; il attendait que les cymbales s'ébranlent, et alors, lorsqu'elles auraient commencé, le singe sauterait hors du carton et se précipiterait vers lui à la manière d'un scarabée, mécanisme vrombissant, cymbales claquant furieusement, et... rien de tout cela ne s'était produit. Il avait éteint la lumière, claqué la petite porte-semblable-à-l'entrée-d'un-terrier et s'était appuyé dessus, haletant. Finalement, il s'était senti un peu mieux. Il était descendu, les jambes flageolantes, avait pris un sac vide et avait commencé à ramasser les tessons et éclats de la bouteille de lait brisée en se demandant s'il allait se couper et saigner jusqu'à ce que mort s'ensuive, si c'était là le sens du claquement des cymbales. Mais ça non plus ça n'avait pas eu lieu. Il avait pris une serviette, avait épongé le lait répandu, puis il s'était assis et avait attendu de voir si sa mère et son frère allaient revenir à la maison.

C'est sa mère qui était rentrée la première.

– Où est Bill ? avait-elle demandé.

Persuadé désormais que Bill devait être mort quelque part, Hal avait commencé à expliquer d'une voix basse que Bill avait été retenu à l'école par une réunion du groupe théâtral mais, au fond de lui, il savait bien que, même si la réunion avait duré très longtemps, il aurait dû être de retour à la maison depuis au moins une demi-heure.

Sa mère l'avait regardé avec curiosité, avait commencé à lui demander s'il y avait un problème, quand tout à coup la porte s'était ouverte et Bill était rentré… sauf qu'il ne s'agissait pas du tout de Bill, enfin pas vraiment. Devant eux se tenait un Bill fantomatique, pâle et silencieux.

– Que se passe-t-il ? s'était écriée Mme Shelburn. Bill, qu'est-ce qui ne va pas ?

Bill s'était mis à pleurer et ils avaient tant bien que mal réussi à démêler son récit à travers ses larmes. Il y avait eu une voiture. Lui et son copain Charlie Silverman rentraient de l'école après la réunion et la voiture avait pris le tournant de Brook Street beaucoup trop vite, et Charlie était resté cloué sur place ; Bill l'avait tiré par la main, mais il avait lâché prise et la voiture...

Bill avait éclaté en bruyants sanglots hystériques. Sa mère l'avait attiré contre elle, l'avait bercé. Hal avait regardé dehors et avait vu deux policiers sous le porche. La voiture de police dans laquelle ils avaient ramené Bill était garée devant la maison. Alors, il s'était mis à pleurer lui aussi... mais c'étaient des larmes de soulagement.

Bill, à son tour, avait fait des cauchemars... Devant ses yeux, Charlie Silverman ne cessait de mourir, encore et encore, projeté sur le capot de la Hudson Cornet rouillée que l'ivrogne conduisait, ses bottes de western rouges valsant loin de lui. La tête de Charlie Silverman et le pare-brise de la Hudson s'étaient percutés violemment. Ils avaient tous deux été fracassés. Le chauffard saoul, propriétaire d'une confiserie à Milford, avait eu une crise cardiaque peu après son arrivée au poste (peut-être à la vue de la cervelle de Charlie Silverman en train de sécher sur son pantalon), et son avocat s'en était assez bien sorti lors du procès avec une argumentation du genre « cet homme est déjà bien assez puni comme ça ». Il avait écopé de soixante jours (avec sursis) et on lui avait retiré le permis de conduire dans l'État du Connecticut pendant cinq ans... c'est à peu près ce qu'avaient duré les cauchemars de Bill Shelburn. Le singe était à nouveau caché dans le débarras. Bill ne remarqua jamais sa disparition... en tout cas il n'y fit jamais allusion.

Hal s'était senti quelque temps hors de danger. Il avait même commencé à oublier le singe, ou à croire que tout cela n'avait été qu'un mauvais rêve. Mais lorsqu'il était rentré de l'école, le jour où sa mère était morte, le singe était à nouveau sur son étagère, cymbales écartées, un sourire condescendant aux lèvres. Comme s'il s'était dédoublé, comme si son propre corps s'était transformé en automate à sa vue, Hal s'en était approché lentement. Il avait vu sa main se tendre et le saisir. Il avait senti crisser sous ses doigts la fourrure pelucheuse, mais cette sensation était très ouatée, un simple effleurement, comme si quelqu'un lui avait injecté une forte dose de novocaïne. Il percevait sa propre respiration, rapide et sèche comme le sifflement du vent dans la paille.

Il l'avait retourné, avait empoigné la clé et, des années après, il devait se rappeler cette fascination morbide qu'il avait ressentie, celle d'un homme qui place contre sa paupière fermée et tressaillante un pistolet à six coups chargé d'une balle et presse sur la gâchette.

Non, ne fais pas ça... laisse-le, jette-le, n'y touche pas...

Il avait tourné la clé et avait entendu, bien détachés sur le silence, une série de minuscules déclics. Lorsqu'il avait lâché la clé, le singe avait commencé à frapper ses cymbales et Hal avait senti son corps bouger par saccades, s'arquer puis se redresser, s'arquer puis se redresser, comme s'il était vivant. Et il était vivant, se contorsionnant entre ses mains comme un Pygmée répugnant, et les vibrations qu'il avait senties à travers la fourrure brune râpée n'étaient pas produites par des rouages mais par les battements d'un cœur.

Avec un grognement, Hal avait lâché le singe et avait reculé, les ongles fichés dans sa chair, sous ses yeux, les paumes de ses mains plaquées contre sa bouche. Il avait trébuché sur quelque chose et avait failli tomber (il se serait alors retrouvé sur le sol avec lui, ses yeux bleus exorbités plongés dans les yeux noisette vitreux). Tant bien que mal il s'était frayé un chemin jusqu'à la porte, l'avait passée à reculons, l'avait claquée et s'était appuyé contre elle. Soudain il s'était précipité vers la salle de bains et avait vomi.

C'est Mme Stukey de l'usine d'hélicoptères qui avait apporté la nouvelle. Jusqu'à ce que tante Ida arrive du Maine, pendant ces deux premières nuits qui avaient semblé ne jamais devoir finir, elle était restée avec eux. Leur mère était morte d'une embolie au cerveau en milieu d'après-midi. Elle se trouvait près de la fontaine, un gobelet en carton à la main, et s'était écroulée comme si on l'avait abattue d'une balle, le gobelet toujours dans une main. De l'autre, elle s'était agrippée à la fontaine et avait entraîné dans sa chute le grand réservoir d'eau de Cologne qui s'était fracassé par terre... mais le médecin de l'usine appelé d'urgence avait dit plus tard qu'il pensait que Mme Shelburn était morte avant que l'eau n'ait eu le temps de tremper sa robe et ses sous-vêtements et de mouiller sa peau. Personne ne répéta jamais rien de tout cela aux garçons, mais Hal le savait quand même. Cette scène, il l'avait vue si souvent dans ses rêves au cours des interminables nuits qui avaient suivi la mort de sa mère... *Tu n'arrives toujours pas à t'endormir, petit frère ?* lui avait demandé Bill et Hal avait supposé qu'il mettait cette agitation et ces cauchemars sur le compte de la mort si soudaine de leur mère, et il avait raison... mais en partie seulement. Il était surtout torturé par la culpabilité, rongé par la certitude implacable qu'il avait tué sa mère en remontant le mécanisme du singe par un bel après-midi ensoleillé.

Lorsque Hal s'endormit, son sommeil dut être très profond. Quand il se réveilla, il était presque midi. Petey, assis en tailleur sur une chaise à l'autre bout de la chambre, mangeait méthodiquement une orange, quartier par quartier, en regardant une émission de jeux à la télé.

Hal se jeta d'un bond hors du lit ; il avait l'impression d'avoir été endormi à coups de poing et d'avoir été réveillé de même. Il avait des élancements dans la tête.

– Où est ta mère, Petey ?

– Dennis et m'man sont partis faire des courses, répondit Petey en balayant la pièce du regard. J'ai préféré rester ici avec toi. Est-ce que tu parles toujours pendant ton sommeil, papa ?

– Non, dit Hal en regardant son fils avec inquiétude. Non, qu'est-ce que j'ai dit ?

– Je n'ai pas réussi à comprendre. J'ai eu peur, enfin, un peu.

– Eh bien, me voilà redevenu normal, déclara Hal, réussissant à esquisser un petit sourire.

Petey lui sourit en retour et Hal se sentit à nouveau envahi par cet amour qu'il portait à son fils : un sentiment joyeux, fort et sans complications. Il se demanda pourquoi il avait toujours éprouvé cette tendresse pour Petey, pourquoi il avait toujours eu l'impression de le comprendre, de pouvoir l'aider et pourquoi au contraire Dennis lui semblait une fenêtre trop opaque pour qu'il puisse regarder au travers, un mystère dans ses comportements et dans ses habitudes : le genre de garçon qui lui restait étranger parce que trop différent de ce que lui-même avait été. Il était facile d'expliquer le changement d'attitude de Dennis par le départ de Californie ou...

Soudain il se figea. Le singe se tenait sur le rebord de la fenêtre, cymbales écartées. Hal sentit son cœur s'arrêter net dans sa poitrine puis se mettre à battre à tout rompre. Sa vue se brouilla et sa tête déjà douloureuse le fit tout à coup souffrir atrocement.

Il s'était échappé de la valise et lui souriait à présent depuis l'appui de la fenêtre. *Tu croyais t'être débarrassé de moi, hein ? Mais tu avais déjà cru ça avant, n'est-ce pas ?*

Oui, pensa-t-il au bord de la nausée. Oui, je l'ai cru.

– Petey, c'est toi qui as sorti ce singe de ma valise ? demanda-t-il, sûr de la réponse.

Il avait fermé la valise à clé et avait placé cette dernière dans la poche de son pardessus.

Petey jeta un coup d'œil au singe et l'espace d'un instant l'expression de son visage changea – de la gêne, pensa Hal.

– Non, répondit-il, c'est m'man qui l'a mis là.

– C'est ta mère ?

– Ouais. Elle te l'a pris. Elle riait.

– Elle me l'a pris ? Qu'est-ce que tu racontes ?

– Tu le serrais contre toi dans le lit. Moi, j'étais en train de me brosser les dents, mais Dennis t'a vu. Ça l'a fait rire lui aussi. Il a dit que tu avais l'air d'un bébé avec son nounours.

Hal regarda le singe. Il avait la bouche tellement sèche qu'il ne pouvait déglutir. Il l'avait eu avec lui au lit ? Au lit ? Cette fourrure répugnante contre sa joue, peut-être même contre sa bouche, ces yeux furieux fixés sur son visage endormi, ce sourire grimaçant près de son cou ? sur son cou ? Seigneur...

Il se retourna brusquement et alla droit au débarras. La Samsonite était là, toujours verrouillée. La clé se trouvait toujours dans son pardessus.

Derrière lui, la télé s'arrêta brutalement. Il ressortit lentement du débarras. Petey le regardait d'un air sérieux.

– Papa, je n'aime pas ce singe, dit-il d'une voix à peine audible.

– Moi non plus, répondit Hal.

Petey le regarda avec attention pour voir s'il plaisantait et comprit qu'il n'en était rien. Il s'approcha de son père et se serra très fort contre lui. Hal sentit qu'il tremblait.

Petey lui parla alors à l'oreille, très rapidement, comme s'il avait peur de ne pas trouver une seconde fois le courage de le dire… ou comme s'il craignait que le singe ne l'entendît.

– On dirait qu'il nous regarde. Qu'il nous regarde où qu'on se trouve dans la pièce. Et si on va dans la chambre d'à côté, on dirait qu'il nous regarde à travers le mur. J'ai pas pu m'empêcher d'avoir l'impression… l'impression qu'il attendait quelque chose de moi.

Petey frissonna. Hal l'étreignit de toutes ses forces.

– Comme s'il voulait qu'on remonte son mécanisme, ajouta Hal.

Petey acquiesça précipitamment d'un grand mouvement de tête.

– Il n'est pas vraiment cassé, hein, papa ?

– Il l'est parfois, répondit Hal en regardant le singe par-dessus l'épaule de son fils, mais parfois il fonctionne.

– Quelque chose me poussait à venir par ici et à remonter le mécanisme. Tout était si calme, alors j'ai pensé : Je peux pas, ça va réveiller papa, mais j'en avais toujours envie, alors je me suis approché et je… je l'ai touché et j'ai détesté son contact… mais je l'ai aimé en même temps… On aurait dit qu'il me disait : Remonte-moi, Petey, nous pourrons jouer ensemble, ton père ne se réveillera pas, il ne se réveillera plus jamais, remonte-moi, remonte-moi… (Le garçon éclata soudain en sanglots.) Il est mauvais, je le sais. Il a quelque chose de bizarre. On pourrait pas le jeter, papa ? S'il te plaît ?

Le singe souriait de son perpétuel sourire. Entre eux coulaient les larmes de Petey. Le soleil de cette fin de matinée étincelait sur les cymbales de cuivre. La lumière, réfléchie vers le haut, dessinait des lignes sur le plafond de stuc blanc du motel.

– À quelle heure ta mère pensait-elle rentrer avec Dennis, Petey ?

– Vers une heure.

Gêné d'avoir pleuré, il essuya ses yeux rouges avec la manche de sa chemise. Mais pour rien au monde il n'aurait regardé le singe.

– J'ai allumé la télé, murmura-t-il. Et j'ai monté le son.

– Pas de problème, Petey.

Comment cela se serait-il produit ? se demanda Hal. *Crise cardiaque ? Une embolie, comme ma mère ? Quoi d'autre ? Est-ce que c'est vraiment important ?*

Et tout de suite après, une autre pensée, plus effrayante encore : *S'en débarrasser. Le jeter. Mais peut-on vraiment s'en débarrasser ? Est-il vraiment possible de s'en débarrasser ?*

Le singe lui souriait d'un air moqueur, cymbales écartées de trente centimètres. S'était-il tout à coup mis en branle la nuit de la mort de tante Ida ? se demanda-t-il soudain. Était-ce le dernier bruit qu'elle avait entendu, ce *dzing-dzing-dzing* assourdi du singe frappant ses cymbales dans le grenier sombre pendant que le vent sifflait dans les gouttières ?

– C'est peut-être pas si fou, dit lentement Hal à son fils. Va chercher ton sac, Petey.

– Qu'allons-nous faire ? demanda Petey en lui jetant un regard indécis.

Peut-être qu'on peut s'en débarrasser. Pour toujours peut-être ou seulement pour un moment... un moment plus ou moins long. Peut-être qu'il ne cessera jamais de revenir et revenir, et qu'il n'y a rien à faire... mais peut-être que je – que nous pouvons lui dire au revoir pour très longtemps. Il lui a fallu vingt ans pour réapparaître cette fois-ci. Il lui a fallu vingt ans pour sortir du puits...

– On va aller faire un tour en voiture, expliqua Hal. (Il se sentait assez calme, mais son corps lui paraissait terriblement pesant. Même ses globes oculaires semblaient s'être alourdis.) Avant tout, prends ton sac, et va ramasser trois ou quatre grosses pierres sur le bord du parking. Mets-les dans le sac et rapporte-moi celui-ci, d'accord ?

Un éclair de compréhension brilla dans les yeux de Petey.

– D'accord, papa.

Hal regarda sa montre. Il était presque 12 h 15.

– Dépêche-toi, je veux être parti avant le retour de ta mère.

– Où allons-nous ?

– Chez oncle Will et tante Ida, répondit Hal. À la maison.

Hal se rendit à la salle de bains et attrapa la brosse derrière la cuvette des W.-C. La brandissant telle une baguette magique de bazar, il retourna près de la fenêtre et regarda Petey qui, dans sa veste Melton, traversait le parking, son sac de voyage sur lequel le mot DELTA se détachait clairement en lettres blanches sur fond bleu à la main. Lente et maladroite en cette fin de saison chaude, une mouche se cognait en vrombissant dans un des angles supérieurs de la fenêtre. Hal connaissait bien cette sensation.

Il vit Petey déterrer trois grosses pierres puis revenir à travers le parking. Une voiture surgit alors de derrière le motel ; elle allait trop vite, bien trop vite, et sans qu'il ait réfléchi, avec le genre de réflexe dont fait preuve un bon joueur de base-ball, il abattit la main qui tenait la brosse, comme pour porter un coup de karaté... et ne bougea plus.

Les cymbales se refermèrent sans bruit sur sa main et il perçut quelque chose dans l'air. Quelque chose qui ressemblait à de la rage.

Les freins de la voiture hurlèrent. Petey fit un bond en arrière. Le conducteur lui adressa un geste impatient, comme s'il était responsable de ce qui avait failli se produire. Son col battant comme une aile, le jeune garçon traversa le parking en courant et rentra dans le motel par l'arrière.

La sueur dégoulinait le long de la poitrine de Hal ; il la sentit couler sur son front comme une bruine huileuse. Les cymbales pesaient de leur métal froid contre sa main et l'engourdissaient.

Vas-y, pensa-t-il, lugubre. *Vas-y, je peux attendre toute la journée. Jusqu'à ce que l'enfer tout entier soit gelé, s'il le faut.*

Les cymbales s'écartèrent et s'immobilisèrent. Hal entendit un faible *clic !* à l'intérieur du singe. Il releva la brosse et l'examina. Quelques poils blancs avaient noirci, comme si on les avait flambés.

La mouche vrombissait et se cognait contre la vitre, à la recherche du froid soleil d'octobre qui semblait si proche.

Petey arriva en courant, la respiration rapide, les joues roses.

– J'en ai trouvé trois grosses, papa, je... Tout va bien, papa ?

– Ça va, répondit Hal. Apporte-moi le sac.

Hal attira avec son pied la table basse qui se trouvait près du canapé, l'amena juste sous le rebord de la fenêtre et posa le sac dessus. Comme des lèvres il écarta ses bords et vit luire à l'intérieur les pierres que Petey avait ramassées. Du bout de la brosse il déséquilibra le singe. Celui-ci chancela un instant et tomba dans le sac. On entendit un faible *ding !* lorsque les cymbales heurtèrent l'une des pierres.

– P'pa ? Papa ? interrogea Petey l'air effrayé.

Hal se retourna vers lui. Il s'était passé quelque chose ; quelque chose avait changé. Mais quoi ?

Alors, il suivit la direction du regard de Petey et comprit. Le vrombissement de la mouche avait cessé. Elle gisait morte sur le rebord de la fenêtre.

– Est-ce le singe qui a fait ça ? murmura Petey.

– Allons, répondit Hal en refermant la fermeture Éclair du sac de voyage. Je t'expliquerai pendant le voyage jusqu'à la maison.

– On va y aller comment ? Maman et Dennis ont pris la voiture.

– Ne t'en fais pas, dit Hal en lui ébouriffant les cheveux.

Il montra à l'employé son permis de conduire et un billet de vingt dollars. Après avoir accepté pour garantie la montre de Hal, une Texas Instruments digitale, l'employé tendit à Hal les clés de sa propre voiture, une AMC Gremlin toute cabossée. Ils prirent la direction de l'est vers Casco par la route 302 ; Hal se mit à parler, avec hésitation tout d'abord, puis un peu plus vite. Il commença par dire à Petey que son père avait probablement rapporté le singe d'un de ses voyages à l'étranger, comme cadeau pour ses fils. Ce n'était pas un jouet exceptionnel – il n'avait rien d'étrange ni de précieux. Il devait y avoir des centaines de milliers de singes mécaniques de par le monde, certains fabriqués à Hong Kong, d'autres à Taiwan, d'autres encore en Corée. Mais à un moment quelconque – ça avait peut-être même eu lieu dans le débarras sombre de la maison du Connecticut où les deux garçons avaient passé leurs premières années – il était arrivé quelque chose au singe. Un sale truc.

– Il se peut, expliqua Hal en essayant de persuader la Gremlin de l'employé de dépasser les cinquante à l'heure, que quelques-unes des forces mauvaises – la plupart d'entre elles si ça se trouve – ne soient pas vraiment conscientes de leur nature.

Il en resta là car Petey ne pouvait probablement pas en comprendre davantage, mais son esprit poursuivit son cheminement propre. Il pensa que beaucoup des forces malignes devaient être tout à fait semblables à un singe plein de mécanismes que l'on remonte : les rouages tournent, les cymbales commencent à battre, le sourire grimace, les stupides yeux de verre rient... ou semblent rire...

Il raconta à Petey comment il avait découvert le singe, mais n'alla pas plus loin – il ne voulait pas effrayer son fils plus qu'il ne l'était déjà. Son récit devint alors décousu, confus, mais Petey ne posa aucune question – peut-être remplissait-il lui-même les blancs, pensa Hal, de la même façon qu'il avait, lui-même, vu si souvent en rêve la mort de sa mère, alors qu'il n'y avait en réalité pas assisté.

Oncle Will et tante Ida étaient tous deux restés pour les funérailles. Ensuite, oncle Will était retourné dans le Maine – c'était la saison des récoltes et tante Ida avait prolongé son séjour de deux semaines afin de ranger les affaires de sa sœur avant de ramener les garçons avec elle. Mais elle avait surtout consacré ce temps à se faire aimer d'eux – terriblement choqués par la mort soudaine de leur mère, ils étaient dans un état semi-comateux. Quand ils ne réussissaient pas à dormir, elle était là avec du lait chaud ; là encore quand un cauchemar réveillait Hal à 3 heures du matin (sa mère s'approchait de la fontaine sans remarquer, dans les profondeurs de saphir froid, le singe qui flottait, s'agitait, souriait et frappait ses cymbales, chaque série de mouvements laissant une traînée de bulles derrière lui) ; elle était là quand Bill avait eu la fièvre, puis une éruption d'ulcérations douloureuses dans la bouche, et enfin, trois jours après l'enterrement, le croup. Elle était là ; elle s'était fait connaître des garçons, et avant qu'ils ne prennent avec elle le bus qui les avait emmenés de Hartford à Portland, Bill et Hal avaient été tour à tour la trouver et avaient pleuré sur ses genoux pendant qu'elle les étreignait et les berçait ; ç'avait été le point de départ de liens très forts.

La veille du jour où ils avaient quitté le Connecticut pour « descendre dans le Maine » (comme on disait alors), le chiffonnier était venu charger dans son vieux camion brinquebalant l'énorme monceau de trucs inutilisés que Bill et Hal avaient sortis du débarras. Quand tous ces vieux rebuts avaient été entassés au bord du trottoir, tante Ida leur avait demandé de retourner dans le débarras et de choisir quelque chose qu'ils auraient aimé garder en souvenir. « Nous ne pouvons pas tout conserver, les garçons, nous n'avons pas assez de place », avait-elle dit, et Hal avait supposé que Bill l'avait prise au mot et avait fouillé une dernière fois dans ces cartons fascinants que son père avait laissés derrière lui. Hal ne s'était pas joint à son frère. Il n'aimait plus le débarras. Il lui était venu une idée horrible pendant ces deux premières semaines de deuil : et si son père n'avait pas disparu, ou fui, brûlé par la passion du voyage ou par la conscience de n'être pas fait pour le mariage ?

Et s'il avait été victime du singe ?...

Quand, grondant et pétaradant, le camion du chiffonnier s'était annoncé dans la rue, Hal, rassemblant tout son courage, avait d'un geste brusque saisi le singe sur l'étagère où il était resté depuis le jour de la mort de sa mère (il n'avait pas osé le toucher depuis ce jour-là, ni même le jeter dans le débarras), et il avait dévalé les escaliers en le tenant à la main. Ni Bill ni tante Ida ne l'avaient vu. Au sommet d'un tonneau rempli de souvenirs cassés et de livres moisis se trouvait le carton Ralston-Purina, rempli d'un tas de bric-à-brac du même genre. Le mettant au défi de faire claquer ses cymbales (*vas-y, vas-y, j' t'en défie, j' t'en défie, j' t'en défie*), Hal avait jeté le singe dans le carton d'où il était sorti mais, son horrible sourire aux lèvres, celui-ci était demeuré immobile, penché nonchalamment en arrière, comme s'il attendait le bus.

Pendant que le chiffonnier, un Italien qui portait un crucifix autour du cou et sifflotait à travers l'espace de sa dent manquante, chargeait cartons et tonneaux dans son vieux camion à ridelles de bois, Hal était resté aux alentours, petit garçon en pantalon de velours lustré et gros souliers bruns abîmés. Il l'avait vu soulever le tonneau au sommet duquel le carton Ralston-Purina était posé en équilibre ; il avait vu disparaître le singe dans la benne ; il avait vu le chiffonnier remonter dans sa cabine, se moucher vigoureusement dans la paume de sa main, essuyer celle-ci avec un immense mouchoir rouge et mettre en marche le moteur dans un grondement et un nuage de fumée d'un bleu huileux ; il avait vu le camion s'éloigner. Il s'était alors senti soulagé d'un poids énorme – la sensation physique avait été nette. Bras écartés, paumes vers le ciel, il avait sauté deux fois sur place, aussi haut qu'il le pouvait ; si un voisin l'avait alors aperçu, il aurait trouvé ça bizarre, il aurait peut-être même cru à un blasphème – *pourquoi ce garçon saute-t-il de joie* (car il s'agissait sans aucun doute de cela – un saut de joie peut difficilement être pris pour autre chose), se serait-il sans doute demandé, *alors que sa mère n'est pas enterrée depuis un mois ?*

Il le faisait parce que le singe était parti, parti pour toujours.

C'est tout au moins ce qu'il avait cru.

Trois mois plus tard, à peine, tante Ida lui avait demandé de descendre du grenier les boîtes de décorations de Noël et comme il les cherchait, à quatre pattes dans la poussière, il s'était à nouveau trouvé face à lui ; son incrédulité et sa terreur avaient été si grandes qu'il avait dû mordre profondément le côté de sa main pour s'empêcher de hurler... ou de s'évanouir sur le coup. Il était là, souriant de toutes ses dents, cymbales écartées de trente centimètres, prêtes à claquer, appuyé nonchalamment dans un coin du carton Ralston-Purina comme s'il attendait le bus, l'air de dire : *Tu pensais en avoir fini avec moi, n'est-ce pas ? Mais on ne se débarrasse pas si facilement de moi, Hal. Je t'aime beaucoup, Hal. Nous sommes faits l'un pour l'autre, un simple petit garçon et son singe apprivoisé, un couple de vieux amis. Quelque part vers le Sud, un imbécile de vieux chiffonnier italien gît dans une baignoire à pieds de griffon, les yeux exorbités, les dents à moitié arrachées de sa bouche hurlante, un chiffonnier qui sent la vieille pile usée. Il me gardait pour son petit-fils, Hal, il m'avait placé sur l'étagère de la salle de bains avec son savon, son rasoir, sa crème à raser et la radio sur laquelle il écoutait la retransmission du match des Brooklyn Dodgers et je me suis mis à faire claquer mes cymbales, et l'une d'elles a heurté cette vieille radio qui est tombée dans la baignoire, et alors je suis revenu vers toi, Hal. Pendant la nuit je me suis frayé un chemin le long des routes de campagne et le clair de lune s'est réfléchi sur mes dents à 3 heures du matin et j'ai laissé un grand nombre de gens raides morts. Je suis revenu vers toi, Hal, je suis ton cadeau de Noël, alors, remonte-moi. Qui est mort ? Est-ce Bill ? oncle Will ? Est-ce toi, Hal ? Est-ce toi ?*

Hal avait reculé, le visage tordu par d'horribles grimaces, les yeux roulant dans leurs orbites, et il avait manqué tomber au bas des escaliers. Il avait raconté à tante Ida qu'il n'avait pas réussi à trouver les décorations de Noël – c'était la première fois qu'il lui mentait. Elle avait lu ce mensonge sur son visage mais ne lui avait demandé aucune explication, Dieu merci. Plus tard, lorsque Bill était rentré, elle lui avait demandé d'aller les chercher et il les avait descendues. Lorsqu'ils s'étaient retrouvés seuls, Bill, d'une voix sifflante, l'avait traité d'imbécile incapable de trouver son cul avec ses deux mains et une lampe-torche. Hal n'avait pas répondu. Il était resté pâle et silencieux et avait continué à manger. Cette nuit-là il avait à nouveau rêvé du singe, il avait vu une de ses cymbales heurtant la radio dans laquelle Dean Martin susurrait « Whenna da moon hitta you eye like a big pizza pie *c'est la-moré* », la radio tombant dans la baignoire pendant que le singe souriait et frappait ses cymbales avec un *dzing !* et un *dzing !* et un *dzing !* sauf que ce n'était pas le chiffonnier italien qui se trouvait dans la baignoire lorsque l'eau s'était chargée d'électricité.

C'était lui.

Hal et son fils descendirent à quatre pattes le talus situé derrière la maison jusqu'au hangar à bateaux qui se dressait sur ses vieux pilotis. Dans la main droite Hal portait le sac de voyage. Sa gorge était sèche, ses oreilles attentives au moindre bruit. Le sac pesait très lourd.

Il le posa.

– N'y touche pas, ordonna-t-il.

Il fouilla dans sa poche, sortit le trousseau de clés que lui avait donné Bill et en trouva une, soigneusement étiquetée HANGAR À B. sur un morceau de Scotch.

C'était une journée claire et froide, avec du vent et un ciel d'un bleu étincelant. Les feuilles des arbres qui se serraient autour du lac offraient toute la gamme des teintes brillantes de l'automne, du rouge sang au jaune des cars de ramassage scolaire. Ils se parlaient par-dessus le vent. Des feuilles virevoltaient autour des mocassins de Petey qui attendait avec anxiété. Hal pouvait sentir novembre à vau-vent, et l'hiver qui se pressait juste derrière lui.

La clé tourna dans le cadenas et il ouvrit en grand les portes battantes. Ses souvenirs étaient vivants ; il n'avait même pas eu besoin de regarder pour abaisser le morceau de bois qui retenait la porte ouverte. Avec les odeurs de l'été, celles de l'épaisse toile et du bois verni, une forte chaleur était restée enfermée là. La barque d'oncle Will était à sa place, ses rames soigneusement bordées, comme s'il l'avait chargée la veille avec son matériel de pêche et deux packs de six bières Black Label. Bill et Hal étaient souvent allés pêcher avec oncle Will, mais jamais en même temps. Oncle Will prétendait que le bateau était trop petit pour trois. La bordure rouge qu'oncle Will repeignait chaque printemps était cependant décolorée et écaillée, et des araignées avaient tissé leur soie à l'avant du bateau.

Hal laissa aller la barque et la guida le long de la rampe jusqu'à la petite plage de galets. Les parties de pêche sur le lac restaient parmi ses meilleurs souvenirs des années d'enfance passées avec oncle Will et tante Ida. Il ne doutait pas qu'il en fût de même pour Bill. Une fois que le bateau était positionné comme il le souhaitait, à quelque cinquante ou soixante mètres de la rive, que les lignes étaient en place et que les vers se tortillaient à la surface de l'eau, oncle Will ouvrait deux boîtes de bière, une pour lui, l'autre pour Hal (celui-ci buvait rarement plus de la moitié de celle qu'oncle Will lui réservait après l'avoir rituellement mis en garde contre toute allusion à ce fait devant tante Ida, car « elle m'abattrait comme un étranger si elle savait que je vous fais boire de la bière, les garçons, vous le savez bien ») ; et lui qui était d'ordinaire le plus taciturne des hommes, il devenait alors très bavard. Il racontait des histoires, répondait aux questions tout en réamorçant l'hameçon de Hal quand il le fallait ; et la barque dérivait au gré du vent et du léger courant.

– Pourquoi est-ce que tu ne vas jamais au milieu, oncle Will ? lui avait demandé Hal un jour.

– Regarde par là-bas, avait répondu oncle Will. (Hal avait vu l'eau bleue et sa ligne de traîne s'enfoncer profondément dans le noir.) Tu vois, c'est là que Crystal Lake est le plus profond, avait dit oncle Will, écrasant sa boîte de bière vide d'une main et en saisissant une pleine de l'autre. Si à cet endroit il n'y a pas trois cents mètres de fond, il n'y en a pas un centimètre. La vieille Studebaker d'Amos Culligan se trouve quelque part là-dessous. Une année, début décembre, ce vieux cinglé est allé sur le lac avec sa voiture avant que la glace soit vraiment prise. L'a eu d' la chance de s'en sortir vivant. On n' récupérera jamais c'te Stud ; on n' la r'verra même pas jusqu'à c' que résonnent les trompettes du Jugement dernier. C'te putain d' lac est sacrément profond ici, ça c'est sûr. Les plus gros c'est là qu'on les prend, Hal. Pas la peine d'aller plus loin. Voyons voir c' que d'vient ton ver. Ramène donc ce fils de pute.

Hal avait obéi, et pendant qu'oncle Will accrochait à sa ligne un nouvel asticot sorti de la vieille boîte de Crisco qui lui servait à transporter ses appâts, il avait regardé l'eau fixement, fasciné, pour essayer d'apercevoir la vieille Studebaker d'Amos Culligan, rouille et algues s'échappant de la vitre ouverte du conducteur par laquelle Amos avait réussi à sortir au tout dernier moment, plantes aquatiques pendant en feston autour du volant comme un collier pourrissant, pendillant du rétroviseur et se balançant dans les courants comme un étrange rosaire. Mais tout ce qu'il avait pu voir, c'était un dégradé du bleu au noir et la forme de l'asticot d'oncle Will, le crochet caché dans ses replis, suspendu là au milieu des choses ; sa propre version ensoleillée de la réalité. L'espace d'un instant, pris de vertige, Hal s'était senti suspendu au-dessus d'un gouffre puissant ; il avait fermé les yeux un moment jusqu'à ce que cette sensation s'estompe.

Il croyait se souvenir d'avoir bu toute sa boîte de bière ce jour-là.

... la partie la plus profonde de Crystal Lake... s'il n'y a pas là trois cents mètres, il n'y a pas un centimètre.

Il s'arrêta un instant, essoufflé, et regarda Petey qui l'examinait toujours avec anxiété.

– Tu as besoin d'aide, papa ?

– Dans un instant.

Il avait repris son souffle et, laissant un sillon derrière lui, il poussa le canot sur la petite bande de sable. La peinture s'écaillait mais l'embarcation était restée à l'abri et semblait solide.

Lorsqu'il sortait avec oncle Will, celui-ci poussait la barque le long de la rampe, et quand la proue touchait l'eau, il grimpait dedans, saisissait une rame pour s'écarter de la berge et disait : « Pousse-moi, Hal, montre-moi que tu es digne de confiance ! »

– Pose ce sac dans la barque, Petey, et pousse-moi, dit-il... Montre-moi que tu es digne de confiance, ajouta-t-il avec un léger sourire.

Petey ne lui rendit pas son sourire.

– Tu m'emmènes, papa ?

– Pas aujourd'hui ; une autre fois je t'emmènerai pêcher, mais... pas aujourd'hui.

Petey hésita. Le vent ébouriffait ses cheveux châtains et quelques feuilles jaunies, sèches et craquantes, passèrent au-dessus de ses épaules en tournoyant pour atterrir au bord de l'eau, oscillant comme de petits bateaux.

– Tu aurais dû les rembourrer, dit-il dans un souffle.

– Quoi ?

Mais Hal croyait savoir de quoi Petey avait voulu parler.

– Mettre du coton autour des cymbales. Les scotcher. Pour qu'y puisse pas... faire ce bruit.

Hal revit tout à coup Daisy qui s'approchait de lui – elle ne marchait pas, elle titubait ; du sang avait jailli soudain de ses yeux en un flot qui avait trempé son collier et s'était écoulé avec un petit bruit sur le sol de la grange ; elle s'était affaissée sur ses pattes de devant… et dans l'air tranquille de ce printemps pluvieux il avait entendu venant du grenier de la maison à cinquante mètres de là le bruit pas du tout assourdi mais curieusement clair : *dzing-dzing-dzing-dzing !*

Il s'était mis à hurler comme un fou, lâchant le chargement de bois qu'il était allé chercher. Il avait couru à la cuisine prévenir oncle Will qui, les bretelles encore pendantes, mangeait des œufs brouillés avec des toasts.

« C'était un vieux chien, Hal, avait dit oncle Will, le visage hagard, l'air âgé lui-même. Elle avait douze ans et c'est beaucoup pour un chien. Faut pas te mettre dans cet état, la vieille Daisy n'aimerait pas ça. »

Vieille, avait répété le vétérinaire en écho, mais il avait quand même eu l'air troublé, car les chiens, même âgés de douze ans, ne meurent pas d'une hémorragie cérébrale (« comme si quelqu'un lui avait mis un pétard dans la tête », c'est ce que Hal avait entendu le vétérinaire dire à oncle Will pendant que celui-ci creusait un trou derrière la grange pas loin de l'endroit où il avait enterré la mère de Daisy en 1950 ; « j'ai jamais rien vu de pareil, Will »).

Plus tard, fou de terreur mais incapable de s'en empêcher, Hal était monté au grenier.

Hello, Hal, comment ça va ? Le singe souriait dans son coin d'ombre. Ses cymbales étaient écartées, d'environ trente centimètres. Le coussin du canapé que Hal avait coincé entre elles se trouvait à présent à l'autre bout du grenier. Quelque chose – quelque force – l'avait lancé assez fort pour déchirer son enveloppe, et son rembourrage s'en échappait. *T'en fais pas pour Daisy,* murmurait le singe à l'intérieur de son crâne, ses yeux noisette plongés dans les immenses yeux bleus de Hal Shelburn. *T'en fais pas pour Daisy, elle était vieille, Hal, même le véto l'a dit, et au fait, t'as vu le sang jaillir de ses yeux, Hal ? Remonte-moi, Hal. Remonte-moi et jouons. Qui est mort, Hal ? Est-ce toi ?*

Quand il avait repris ses esprits, il s'était aperçu qu'il s'était approché du singe, comme sous hypnose. L'une de ses mains était tendue vers la clé ; alors, il s'était précipité à reculons, et dans sa hâte avait failli trébucher au bas des escaliers – c'est sans doute ce qui lui serait arrivé si la cage d'escalier n'avait pas été si étroite. Un petit gémissement s'était échappé de sa gorge.

À présent, il était dans la barque, les yeux posés sur Petey.

– Emmitoufler les cymbales, ça ne marche pas, dit-il. J'ai déjà essayé.

Petey jeta un regard nerveux sur le sac de voyage.

– Que s'était-il passé, papa ?

– Rien dont j'aie envie de parler maintenant, répondit Hal, et rien que tu aies envie d'entendre. Allons, pousse-moi un peu.

Petey se pencha sur l'embarcation et l'arrière frotta sur le sable. Hal poussa avec une rame et tout à coup, la sensation d'être attaché à la terre disparut et la barque se mit à bouger légèrement, libre à nouveau après toutes ces années passées dans l'obscurité du hangar, bercée par les vagues légères. Hal détacha l'autre rame et referma les dames de nage.

– Sois prudent, papa ! lança Petey.

– Ça ne sera pas long, promit Hal, mais il regarda le sac de voyage d'un air interrogateur.

Il commença à ramer, penché dans l'effort. Il sentit bientôt la vieille douleur familière se réveiller au creux de ses reins et entre ses épaules. La rive s'éloigna. Comme par magie, Petey avait à nouveau huit ans, six ; c'était un petit garçon de quatre ans debout au bord de l'eau. Il abritait ses yeux derrière une menotte de nouveau-né.

Hal laissait son regard errer sur la rive mais ne s'accordait pas le droit de l'inspecter. Il n'était plus revenu là depuis quinze ans et, s'il se mettait à examiner le rivage, il noterait les changements plutôt que les similitudes et cela l'absorberait trop. Le soleil tapait sur son cou et il se mit à transpirer. Il regarda le sac de voyage et perdit un instant le rythme – se pencher en avant, tirer vers soi. Le sac semblait... semblait plein à craquer. Il accéléra ses mouvements.

Le vent se leva, séchant sa sueur et rafraîchissant sa peau. L'embarcation se souleva et lorsqu'elle retomba, des gerbes d'eau jaillirent des deux côtés de sa proue. Le vent ne s'était-il pas rafraîchi depuis une ou deux minutes ? Est-ce que Petey ne lui criait pas quelque chose ? Oui. Avec tout ce vent, Hal ne parvint pas à entendre. Ça n'avait pas d'importance. Se débarrasser du singe pour vingt ans – ou peut-être

(*s'il vous plaît, mon Dieu, pour toujours*)

pour toujours – voilà ce qui importait.

L'embarcation se cabra et retomba. Il jeta un coup d'œil sur sa gauche et vit de minuscules moutons qui se formaient à la surface de l'eau. Il regarda à nouveau vers la rive et aperçut Hunter's Point et une épave effondrée, certainement tout ce qui restait du hangar à bateaux des Burdon que Bill et lui avaient connu enfants. Il y était presque. Presque arrivé à l'endroit où la fameuse Studebaker d'Amos Culligan avait plongé sous la glace un jour de décembre, il y avait de cela bien longtemps.

Petey lui criait quelque chose ; il criait et montrait quelque chose du doigt. Hal ne l'entendait toujours pas. La barque roulait et tanguait, projetant des nuées de fines gouttelettes de part et d'autre de sa proue écaillée. L'une d'entre elles s'irisa d'un minuscule arc-en-ciel bientôt déchiqueté. Ombre et lumière se poursuivaient sur le lac, striant le ciel comme des persiennes ; les vagues n'étaient plus douces à présent ; le moutonnement avait grossi. La sueur de Hal s'était changée en chair de poule et les gouttes d'eau avaient trempé sa veste ; il ramait, le visage sombre, les yeux posés tour à tour sur la berge et sur le sac de voyage. L'embarcation fut à nouveau soulevée, si haut cette fois-ci que pendant un instant la rame gauche s'enfonça dans l'air et non dans l'eau.

Petey montrait le ciel du doigt ; son cri n'était plus à présent qu'un son à peine audible.

Hal regarda par-dessus son épaule.

Le lac était agité de vagues terribles. Il était maintenant d'un épouvantable bleu sombre ourlé de blanc. Dans le ciel, une ombre se précipitait vers la barque ; il y avait dans sa forme quelque chose de familier, de si terriblement familier que Hal leva les yeux et qu'un hurlement s'étrangla dans sa gorge nouée.

Le soleil brillant derrière le nuage le façonnait en un volume bossué qui tenait deux croissants d'or écartés. Par deux lambeaux arrachés à l'une de ses extrémités la lumière se déversait à flots.

Lorsque le nuage passa au-dessus de la barque, les cymbales du singe, à peine étouffées par le sac de voyage, se mirent à battre. *Dzing-dzing-dzing-dzing, ton tour est arrivé, Hal, ton tour est enfin arrivé, tu te trouves à l'endroit le plus profond du lac, c'est ton tour, ton tour, ton tour...*

Tous les repères nécessaires étaient en place sur le rivage. La carcasse rouillée de la Studebaker d'Amos Culligan gisait quelque part au fond, c'était là que se trouvaient les plus gros, il y était.

Hal borda les rames dans les dames de nage en un tour de main, se pencha en avant sans se soucier du roulis et empoigna le sac de voyage ; les cymbales s'obstinaient dans leur scansion barbare ; les côtés du sac mugissaient comme s'il s'en échappait une ténébreuse respiration.

– *Ici, espèce de fils de pute !* hurla Hal. *ICI !*

Il jeta le sac par-dessus bord.

Celui-ci s'enfonça rapidement. Hal le vit tomber, oscillant d'un côté puis de l'autre, et pendant un interminable instant il entendit encore le claquement des cymbales. Les eaux noires semblèrent s'éclaircir un peu et il put plonger son regard au fond des flots terribles là où se trouvaient les plus gros ; la Studebaker d'Amos Culligan était là ; la mère de Hal se tenait assise derrière le volant gluant, squelette souriant dont une des orbites, décharnée, abritait une perche qui le dévisageait froidement. Oncle Will et tante Ida étaient nonchalamment installés près d'elle et les cheveux gris de tante Ida flottaient vers le haut pendant que le sac tombait, tournant sur lui-même, et que de petites bulles argentées remontaient vers la surface : *dzing-dzing-dzing-dzing...*

Hal replongea précipitamment les rames dans l'eau en s'écorchant les jointures des doigts (*Seigneur ! l'arrière de la Studebaker d'Amos Culligan était plein d'enfants morts ! Charlie Silverman... Johnny McCabe...*), et il commença à faire virer l'embarcation.

Tout à coup il entendit entre ses pieds un craquement sec semblable à une détonation et soudain l'eau jaillit entre deux planches. La barque était vieille ; le bois avait sûrement un peu joué ; ça n'était qu'une minuscule voie d'eau. Mais elle n'y était pas quand il avait sorti l'embarcation. Il l'aurait juré.

La perspective qu'il avait de la rive et du lac changea. Petey était derrière lui à présent. Au-dessus de lui l'horrible nuage simiesque creva. Hal se mit à ramer. Il ne lui fallut pas plus de vingt secondes pour comprendre qu'il ramait pour sa vie. Il n'était qu'un médiocre nageur mais même un champion aurait été mis à rude épreuve dans ces eaux soudain déchaînées.

Deux nouvelles planches s'écartèrent soudain avec le même claquement de coup de feu. L'eau s'engouffra à flots dans la barque, trempant ses chaussures. Il entendit quelques légers cliquetis et se rendit compte qu'ils étaient le fait de clous arrachés. L'une des dames de nage fut emportée et se retrouva à l'eau – serait-ce ensuite le tour de l'émerillon ?

Le vent soufflait maintenant de la rive comme s'il essayait de le ralentir ou même de le repousser jusqu'au milieu du lac. Il était terrifié, mais au-delà de la terreur il éprouvait une sorte de joie de vivre. Le singe avait disparu pour de bon cette fois. Il en avait la certitude. Quel que dût être son propre destin, le singe ne reviendrait pas jeter son ombre sur la vie de Dennis ou sur celle de Petey. Le singe avait disparu, il gisait peut-être sur le toit de la Studebaker d'Amos Culligan au fond de Crystal Lake. Disparu pour de bon.

Il rama, penché sur l'avant puis sur l'arrière. Il entendit à nouveau un craquement révélateur et cette fois-ci la boîte de Crisco rouillée qui était rangée à l'avant de l'embarcation se mit à flotter dans dix centimètres d'eau. Hal reçut une gerbe d'eau en plein visage. Un craquement plus fort encore et le siège avant se cassa en deux morceaux qui flottèrent près de la boîte d'appâts. Une planche fut arrachée sur le côté gauche de l'embarcation, puis une autre, à droite, cette fois-ci au ras de l'eau. Hal ramait. Son souffle se faisait âpre dans sa bouche, chaud et sec, et sa gorge était enflée par le goût de cuivre de l'épuisement. Ses cheveux trempés de sueur flottaient autour de son visage.

À présent, une fente s'ouvrit directement au fond de l'embarcation, zigzagua entre ses pieds et se poursuivit jusqu'à l'avant. L'eau s'engouffra ; il en eut bientôt jusqu'aux chevilles, puis jusqu'à mi-mollets. Il ramait, mais le bateau semblait désormais comme embourbé. Il n'osait pas regarder derrière lui pour mesurer la distance qu'il lui restait à parcourir.

Encore une planche arrachée. La fente qui courait d'un bout à l'autre de l'embarcation se ramifia jusqu'à former un arbre. L'eau rentrait à flots.

Hal ramait comme un fou, respirant profondément par saccades. Il tira une fois... deux fois... et à la troisième, les émerillons s'arrachèrent. Il perdit une rame mais réussit à ne pas lâcher la seconde. Il se dressa et commença à godiller désespérément. L'embarcation roula, faillit se retourner et, avec un bruit sourd, il tomba à la renverse.

Quelques instants plus tard, d'autres planches furent arrachées, le banc s'effondra ; Hal, saisi par le froid, se retrouva gisant dans l'eau qui emplissait le fond de la barque. Réfléchissant à toute allure, il tenta de se mettre à genoux : *Il ne faut pas que Petey voie ça, il ne faut pas qu'il voie son père se noyer sous ses yeux ; tu vas nager, patauger comme un chien s'il le faut, mais en tout cas tu vas faire quelque chose...*

Nouveau craquement – tout sembla se fracasser ; il se retrouva à l'eau, nageant vers la rive comme il n'avait jamais nagé de sa vie... et celle-ci était étonnamment proche. Une minute plus tard il se retrouva debout avec de l'eau jusqu'à la taille, à moins de dix mètres du bord.

Pleurant et riant à la fois, Petey se précipita vers lui dans une gerbe d'eau, les bras tendus. Hal s'avança en trébuchant. Petey, de l'eau jusqu'à la poitrine, tomba en avant.

Enfin, ils s'agrippèrent l'un à l'autre.

Hal, respirant à grand bruit, souleva son fils et le porta jusqu'à la rive où ils s'écroulèrent tous deux, haletants.

– Papa ? Il a disparu ? Le méchant singe ?

– Oui. Je pense qu'il a disparu. Pour de bon cette fois.

– Le bateau est tombé en morceaux. Il... s'est désintégré autour de toi.

Hal regarda les planches qui flottaient sur le lac à cent mètres de là. Il ne restait plus rien de la petite barque aux planches bien jointes qu'il avait tirée du hangar à bateaux.

– Tout va bien, à présent, dit Hal en s'appuyant sur ses coudes.

Il ferma les yeux et laissa le soleil lui réchauffer le visage.

– Tu as vu le nuage ? murmura Petey.

– Oui. Mais je ne l'aperçois plus maintenant... Et toi ?

Ils examinèrent le ciel. De petits nuages blancs étaient disséminés çà et là, mais il ne restait plus trace du gros nuage noir. Il avait disparu.

Hal aida Petey à se redresser.

– On arrivera bien à trouver des serviettes à la maison, allez, viens. (Mais il s'interrompit et regarda son fils.) C'était de la folie de courir comme ça dans l'eau.

– Tu as été drôlement courageux, papa, s'écria Petey en le regardant gravement.

– Tu crois ?

À aucun moment il n'avait eu l'impression de manifester un quelconque courage. C'est la peur seule qui l'avait poussé. Elle avait été trop forte pour qu'il puisse penser à autre chose. S'il y avait eu autre chose.

– Allez, viens, Petey.

– Qu'est-ce qu'on va raconter à maman ?

– J'en sais rien, mon grand, répondit Hal avec un sourire. On trouvera bien, va.

Un moment encore il regarda les planches qui flottaient sur le lac. Celui-ci, à peine parcouru de petites vaguelettes irisées, avait retrouvé sa sérénité. Soudain, Hal imagina ces vacanciers qu'il ne connaissait même pas – un homme et son fils peut-être, en train d'essayer d'en attraper des gros. « J'en ai un, papa ! » s'écrie le garçon. « Remonte-le, voyons », répond le père et, surgissant des profondeurs, des herbes prises dans ses cymbales, souriant de son terrible sourire de bienvenue... le singe.

Il haussa les épaules – ce n'était qu'une hypothèse gratuite.

– Allons, répéta-t-il à Petey.

À travers les bois flamboyants de l'automne, ils remontèrent l'allée qui menait vers la maison.

Bridgton News
24 octobre 1980

LE MYSTÈRE DES POISSONS MORTS
Betsy Moriarty

Des centaines de poissons ont été retrouvés flottant le ventre en l'air sur Crystal Lake dans la commune de Casco à la fin de la semaine dernière. Quoique les courants du lac compliquent toute tentative d'explication, on peut penser que la plupart d'entre eux ont trouvé la mort près de Hunter's Point.

Parmi les poissons morts on trouve toutes les espèces communes dans ces eaux – brochetons, tacauds cornus, carpes, poissons-lunes, truites brunes et truites arc-en-ciel et même un omble. Les autorités chargées de la pêche et de la chasse se déclarent intriguées.

LE CHENAL

– Le Chenal était plus large à l'époque, dit Stella Flanders à ses arrière-petits-enfants durant le dernier été de sa vie, le dernier été avant qu'elle ne voie des fantômes.

Les enfants l'observaient avec de grands yeux silencieux et son fils, Alden, se tourna sur son siège sous la véranda où il était en train de tailler un bâton. C'était un dimanche et Alden ne sortirait pas le bateau un dimanche, si cher que se vendît le homard.

– Que veux-tu dire, grand-mère ? demanda Tommy, mais la vieille femme ne répondit pas, impassible dans son fauteuil à bascule près du poêle froid, ses chaussons claquant placidement le parquet.

Hal demanda à sa mère :

– Qu'est-ce qu'elle veut dire ?

Loïs se contenta de secouer la tête, sourit et les envoya dehors munis de pots pour cueillir des mûres.

Stella pensa : Elle a oublié. À moins qu'elle n'ait jamais su ?

Le Chenal était plus large à l'époque. Si quelqu'un était susceptible de le savoir, c'était bien Stella Flanders. Née en 1884, elle était la plus ancienne résidente de l'île de la Chèvre, et de sa vie elle n'avait jamais mis les pieds sur le continent.

Aimes-tu ? Cette question avait commencé de la tracasser et elle ne savait même pas ce que ça voulait dire.

L'automne arriva, un froid automne sans les pluies nécessaires pour mettre des couleurs vraiment belles sur les arbres ; que ce fût sur La Chèvre ou à la Tête-du-Raton-Laveur, de l'autre côté du Chenal. Cet automne-là, le vent sifflait de longues notes froides et chaque note résonnait dans le cœur de Stella.

Le 19 novembre, quand les premières rafales de neige descendirent en tourbillonnant d'un ciel de chrome blanc, Stella fêta son anniversaire. Presque tout le village s'assembla. Il vint Hattie Stoddard, dont la mère était morte de pleurésie en 1954 et dont le père avait disparu avec le *Dancer* en 1941. Richard et Mary Dodge vinrent, Richard qui se déplaçait lentement sur le sentier en s'appuyant sur sa canne, l'arthrite le chevauchant comme une invisible cavalière, Sarah Havelock vint, bien entendu ; la mère de Sarah, Annabelle, avait été la meilleure amie de Stella. Elles étaient allées ensemble à l'école de l'île jusqu'en quatrième, et Annabelle avait épousé Tommy Frane, qui lui tirait les cheveux au cours moyen et la faisait pleurer, tout comme Stella s'était mariée à Bill Flanders, qui lui avait un jour fait tomber tous ses livres d'école dans la boue (mais elle avait réussi à ne pas pleurer). Maintenant Annabelle et Tommy n'étaient plus et Sarah était le seul de leurs sept enfants qui fût demeuré sur l'île. Son époux à elle, George Havelock, que tout le monde appelait le

Grand George, était mort d'une vilaine manière sur le continent en 1967, l'année où il n'y avait pas de poisson. Une hache avait échappé des mains du Grand George, il y avait eu du sang – trop ! – et des funérailles dans l'île trois jours plus tard. Et quand Sarah arriva à la fête de Stella et cria : « Joyeux anniversaire, grand-maman ! » Stella la serra fort et ferma les yeux

(*Aimes aimes-tu ?*)

mais ne pleura pas.

Il y avait un prodigieux gâteau d'anniversaire, Hattie l'avait confectionné avec l'aide de sa meilleure amie, Vera Spruce. L'assemblée brailla « Joyeux anniversaire ! » d'une seule voix assez puissante pour étouffer le bruit du vent... un petit moment en tout cas. Même Alden chantait, lui qui dans le cours normal des choses chantait seulement « En avant soldats du Christ » et l'hymne doxologique à l'église et pour le reste des paroles, il bougea les lèvres, tête baissée, ses vieilles larges oreilles rouges comme des tomates. Sur le gâteau de Stella, il y avait quatre-vingt-quinze bougies et en dépit du chant, elle entendait le vent, même si son ouïe n'était plus ce qu'elle avait été.

Elle pensa que le vent l'appelait par son nom.

« Je n'étais pas la seule, aurait-elle dit aux enfants de Loïs si elle avait pu. De mon temps, il y avait beaucoup de gens qui vivaient et mouraient sur l'île. Il n'existait pas de bateau-courrier à l'époque ; Bull Symes apportait le courrier quand il y en avait. Pas de bac, non plus. Si tu avais à faire à La Tête, ton homme te prenait dans son homardier. À ma connaissance, il n'y a pas eu de cabinets avec chasse d'eau avant 1946. Le premier à en avoir introduit dans l'île, ce fut le gars Harold, l'année où une crise cardiaque a emporté Bull alors qu'il était sorti relever les casiers. Je me souviens de les avoir vus ramener Bull chez lui. Je me souviens qu'ils le trans-

portaient enveloppé dans un prélart, et qu'une de ses bottes vertes dépassait. Je me souviens... »

Et ils auraient dit : « Quoi, grand-mère, de quoi vous souvenez-vous ? »

Comment leur répondre ? Qu'y aurait-il eu de plus à dire ?

Le premier jour de l'hiver, un mois environ après la fête d'anniversaire, Stella ouvrit la porte de derrière pour prendre du bois de chauffage et découvrit un moineau mort sous la véranda. Elle se baissa précautionneusement, le prit par une patte et l'examina. « Gelé », annonça-t-elle, et quelque chose en elle prononça un autre mot.

Il y avait quarante ans qu'elle n'avait pas vu un oiseau gelé – c'était en 1938. L'année où le Chenal aussi avait gelé.

Frissonnante, resserrant son manteau, elle jeta le moineau dans le vieil incinérateur rouillé en passant à sa hauteur. La journée était froide, le ciel clair, d'un bleu profond. Le soir de son anniversaire, il était tombé quinze centimètres de neige, qui avaient fondu, et il n'en était plus venu depuis. « Ça va pas tarder », avait dit prudemment Larry McKeen au magasin de l'île de la Chèvre, comme pour mettre l'hiver au défi de ne pas venir.

Parvenue à la pile de bois, Stella se remplit les bras de bûches et les ramena à la maison. Son ombre vive et nette la suivait.

Comme elle atteignait la porte de la maison, où le moineau gelé était tombé, Bill lui parla – mais le cancer avait emporté Bill depuis douze ans. « Stella », dit Bill et elle vit son ombre à lui à côté de la sienne, plus longue et tout aussi nettement découpée, la visière d'ombre de sa casquette d'ombre inclinée sur le côté avec sa désinvolture coutumière, Stella sentit dans sa gorge un cri se bloquer, trop vaste pour franchir ses lèvres. « Stella, répéta-t-il, quand viendras-tu de l'autre côté sur le continent ? On prendra la vieille Ford à Norm Jolley et on descendra chez Bean à Freeport juste histoire de rigoler. Qu'en dis-tu ? »

Elle pivota, manquant laisser échapper le bois et il n'y avait personne. Rien que l'arrière-cour en pente douce sur la colline, puis les herbes folles et au-delà, en bordure de tout, nettement découpé et d'une certaine manière agrandi, le Chenal... et le continent au-delà.

« Grand-maman, qu'est-ce que c'est que le Chenal ? » aurait pu demander Lona... même si elle ne l'avait jamais fait. Et elle leur aurait donné la réponse que tout pêcheur savait par cœur : un chenal est une étendue d'eau entre deux étendues de terre, ouverte aux deux extrémités. La vieille blague des pêcheurs de homard : Sachez lire votre compas quand la brume arrive, les gars ; entre Jonesport et Londres il y a un chenal sacrément long.

« Le Chenal c'est l'eau entre l'île et le continent », aurait-elle pu expliquer encore, en leur donnant des biscuits à la mélasse et du thé additionné de sucre. « Je le connais par cœur. Je le connais aussi bien que le nom de mon mari... et sa façon de porter la casquette. »

« Grand-maman ? dirait Lona, comment se fait-il que vous n'ayez jamais traversé le Chenal ? »

« Ma chérie, répondrait-elle, je n'ai jamais trouvé de raison de partir. »

En janvier, deux mois après la fête d'anniversaire, le Chenal gela pour la première fois depuis 1938. La radio avertit les habitants de l'île aussi bien que ceux du continent de ne pas se fier à la solidité de la glace mais Stewie McClelland et Russel Bowie sortirent le traîneau Bombardier de Stewie après avoir passé un long après-midi à boire du vin Apple Zapple et comme il se devait, le traîneau s'enfonça dans le Chenal. Stewie réussit à s'en sortir en rampant (mais il perdit un pied gelé). Le Chenal prit Russel Bowie et l'emporta.

Ce 25 janvier, il y avait un service religieux à la mémoire de Russel. Stella sortit au bras de son fils Alden et il bougea les lèvres pour les paroles des hymnes et brailla la doxologie de sa grande voix discordante avant la bénédiction. Après quoi Stella s'assit en compagnie de Sarah Havelock, d'Hattie Stoddard et de Vera Spuce dans la lueur d'un feu de bois à l'entresol de la mairie. On donnait une réception dédiée à la mémoire de Russel, avec du punch Za-Rex et de charmants petits sandwiches à la crème de fromage découpés en triangle. Bien entendu, les hommes ne cessaient de sortir pour aller boire la goutte ou quelque chose de plus fort que le Za-Rex. La veuve de Russel Bowie était assise, les yeux rouges et fixes à côté d'Ewel McCracken, le ministre du culte. Elle était enceinte de sept mois – ce serait son cinquième – et Stella, somnolente dans la chaleur du poêle à bois, songeait : *Elle tardera pas à traverser le Chenal, il me semble. Elle déménagera à Freeport ou à Lewiston et cherchera une servante, je crois.*

Elle se tourna vers Vera et Hattie pour savoir sur quoi portait la discussion.

– Non, je n'ai pas entendu, annonçait Hattie. Qu'est-ce que Freddy a dit ?

Elles parlaient de Freddy Dinsmore, le plus vieil homme de l'île (mais il a deux ans de moins que moi, songea Stella avec une certaine satisfaction), qui avait vendu son magasin à Larry McKeen en 1960 et était maintenant à la retraite.

– Il a dit qu'il n'avait jamais vu un hiver pareil, assura Vera en sortant son tricot. Il dit que ça va rendre les gens malades.

Sarah Havelock tourna son regard vers Stella et lui demanda si elle avait jamais vu pareil hiver. Il n'y avait pas eu de neige depuis ces quelques premiers flocons ; le sol était craquant, nu et brun. La veille, Stella avait fait trente pas dans le champ de derrière, tenant la main droite à hauteur de la cuisse et l'herbe sur son chemin se cassait avec un bruit de verre brisé, formant une rangée bien nette.

– Non, dit Stella. Le Chenal a gelé en 38 mais il y avait de la neige cette année-là. Tu te souviens de Bull Symes, Hattie ?

Hattie éclata de rire.

– Je crois que j'ai encore le bleu qu'il m'a fait au derrière à la fête du nouvel an en 53. Il pinçait très très fort. Qu'est-ce que tu voulais dire sur lui ?

– Bull et mon homme ont traversé jusqu'au continent cette année-là, expliqua Stella. Au mois de février 1938. Ils avaient mis des raquettes et ils ont traversé jusqu'à la taverne de Dorrit. À La Tête, ils ont bu un coup de whisky et sont rentrés. Ils m'avaient proposé de venir. Ils étaient comme deux petits garçons partis faire de la luge avec leur traîneau entre eux.

Elles la regardaient, impressionnées par le prodige. Même Vera la regardait les yeux écarquillés et pourtant Vera avait certainement déjà entendu cette histoire. À ce qu'on racontait Bull et Vera avaient autrefois fricoté ensemble mais il était difficile aujourd'hui, en contemplant Vera, de croire qu'elle eût jamais été si jeune.

– Et vous n'y êtes pas allée ? demanda Sarah, qui voyait peut-être en pensée l'étendue du Chenal, si blanche qu'elle était presque bleue dans la lumière sans chaleur d'un soleil d'hiver, et les cristaux de neige étincelants, le continent qui se rapprochait tandis qu'on traversait, oui qu'on traversait l'océan tout comme Jésus sortant de la barque, qu'on quittait l'île à pied pour la seule et unique fois de sa vie.

– Non, répondit Stella.

Tout à coup, elle aurait voulu avoir elle aussi apporté son tricot.

– Je ne suis pas allée avec eux.

– Pourquoi ? interrogea Hattie, presque indignée.

– C'était jour de lessive, répliqua Stella d'une voix sèche et puis Mme Bowie, veuve de Russel, éclata en bruyants, braillants sanglots.

Stella leva les yeux et Bill Flanders était assis, avec sa veste rouge et noir, la casquette inclinée sur le côté ; il fumait une Herbert Tareyton, une autre coincée derrière l'oreille pour plus tard. Elle sentit son cœur bondir dans sa poitrine et gonfler entre deux battements.

Elle émit un bruit mais à cet instant précis une pomme de pin éclata dans le poêle et aucune de ces dames ne l'entendit.

– La pauvre, dit Sarah, d'une voix presque roucoulante.

– C'est une bonne chose d'être débarrassée de ce bon à rien, grogna Hattie.

Elle chercha dans les abysses sinistres de la vérité ce qui concernait feu Russel Bowie et trouva :

– Il gagnait à peine plus qu'un clochard. C'est tant mieux qu'elle soit plus attelée à cette carriole.

Stella entendait à peine. Bill était assis là, assez près du révérend McCracken pour lui tordre le nez si ça lui chantait ; il ne faisait pas plus de quarante ans, les pattes-d'oie au coin des yeux qui devaient par la suite se creuser si profondément étaient très peu visibles, il portait son pantalon de flanelle et ses bottes de caoutchouc avec les chaussettes de laine grise proprement rabattues sur le bord.

– Nous t'attendons, Stel, dit-il. Traverse, viens voir le continent. Tu n'auras pas besoin de raquettes cette année.

Ainsi était-il assis à l'entresol de la mairie, aussi grand que ce sacré Bill l'était, et puis une autre pomme de pin explosa dans le poêle et il disparut. Et le révérend McCracken s'approcha de Mme Bowie pour la réconforter comme si de rien n'était.

Ce soir-là, Vera appela Annie Philips au téléphone et dans le cours de la conversation, elle raconta à Annie que Stella Flanders n'avait pas l'air bien, pas bien du tout.

– Alden aurait du mal à l'enlever de l'île si elle tombait malade, dit Annie.

Annie aimait bien Alden parce que son fils à elle, Toby, lui avait dit qu'Alden ne buvait jamais rien de plus fort que de la bière. Annie était quant à elle d'une tempérance très stricte.

– On ne la bougera que si elle est dans le coma, dit Vera en prononçant ce mot à la mode de l'Est profond : *comer*. Quand Stella dit *grenouille,* Alden saute, Alden n'a pas vraiment inventé la poudre, tu sais. Stella le mène par le bout du nez.

– Ah bon ? dit Annie.

À cet instant précis, il y eut un craquement métallique sur la ligne. Vera perçut encore un moment non les paroles mais la voix d'Annie Philips derrière les craquements, et puis il n'y eut plus rien. Les rafales de vent s'étaient faites plus violentes et les lignes de téléphone étaient abattues, peut-être dans l'étang de Godlin ou dans la baie de Borrow, d'où elles traversaient le Chenal, enveloppées dans une gaine, par la voie sous-marine. Il n'était pas impossible qu'elles aient été abattues de l'autre côté, à La Tête... et certains devaient dire (en ne plaisantant qu'à moitié) que Russel Bowie avait d'une main glacée arraché le câble, simplement pour faire le mal.

À moins de deux kilomètres de là, Stella Flanders, couchée sous sa courtepointe en patchwork, écoutait la douteuse mélodie des ronflements d'Alden dans la pièce voisine. Elle écoutait Alden pour ne pas écouter le vent... mais elle l'entendait tout de même, oh oui, elle l'entendait venir des étendues glacées du Chenal, deux kilomètres et demi d'eau maintenant recouverte de glace, avec dans les profondeurs en dessous les homards et les mérous et peut-être le corps tordu et dansant de Russel Bowie, qui venait régulièrement en avril lui labourer le jardin avec son vieux Rototiller.

Qui me retournera la terre en avril prochain ? se demandait-elle, recroquevillée de froid sous la courtepointe. Et comme un rêve dans un rêve, sa propre voix répondit à sa voix : *Aimes-tu ?* Le vent soufflait en rafales, secouant les fenêtres antitempête. Il lui sembla que celles-ci lui parlaient mais elle détourna le visage pour ne pas entendre leurs paroles. Et elle ne pleura pas.

– Mais grand-maman, insistait Lona (elle n'abandonnait jamais, pas elle, qui ressemblait à sa mère et à sa grand-mère aussi), vous ne nous avez toujours pas dit pourquoi vous n'avez jamais traversé.

– Ma foi, mon enfant, j'ai toujours eu tout ce dont j'avais besoin ici même, à La Chèvre.

– Mais c'est si petit, nous, nous vivons à Portland. Là il y a des bus, grand-maman !

– J'en vois assez à la télé sur ce qui se passe dans les villes. Je crois que je resterai où je suis.

Hal était plus jeune, mais avait plus d'intuition ; il n'insistait pas comme sa sœur, mais sa question allait plus au cœur du problème :

– Vous n'avez jamais eu envie de traverser, grand-maman ? Jamais ?

Et elle se penchait vers lui, lui prenait ses petites mains et lui racontait comment sa mère et son père à elle étaient venus dans l'île peu après leur mariage, et comment le grand-père de Bull Symes avait pris le père de Stella comme apprenti sur son bateau. Elle lui racontait que sa mère avait été quatre fois enceinte mais qu'elle avait fait une fausse couche et qu'un des bébés était mort une semaine après sa naissance... Ils auraient quitté l'île si l'on avait pu le sauver à l'hôpital du continent mais bien sûr ce fut terminé avant qu'elle ait eu le temps d'y songer.

Elle leur racontait que Bill avait assisté Jane, leur grand-mère, mais non pas que, lorsque ce fut fini, il était allé dans la salle de bains, avait commencé par vomir puis avait fondu en larmes comme une femme hystérique qui a des règles particulièrement douloureuses. Bien entendu, Jane avait quitté l'île à quatorze ans pour aller au lycée ; les filles ne se mariaient plus à quatorze ans et quand Stella la vit partir sur le bateau de Bradley Maxwell dont le boulot était ce mois-là de faire la navette pour les enfants, elle sut au fond de son cœur que Jane était partie pour de bon, même si elle reviendrait un moment. Elle leur racontait qu'Alden était venu dix ans plus tard, après qu'ils eurent abandonné et, comme pour effacer son retard, Alden était resté, il était toujours là, en vieux garçon, et d'une certaine manière Stella s'en réjouissait parce qu'il n'était pas d'une intelligence très brillante et qu'il y avait tant de femmes prêtes à exploiter un homme au cerveau lent et au bon cœur (mais elle s'abstenait aussi de ces considérations-là devant les enfants).

Elle disait :

– Louis et Margaret Collins engendrèrent Stella Godlin, qui devint Stella Flanders ; Bill et Stella Flanders engendrèrent Jane et Alden Flanders et Jane Flanders devint Jane Wakefield ; Richard et Jane Wakefield engendrèrent Loïs Wakefield qui devint Loïs Perrault ; David et Loïs Perrault engendrèrent Lona et Hal. Tels sont vos noms, les enfants : vous êtes des Godlin-Flanders-Wakefield-Perrault. Votre sang vient des pierres de cette île et je reste ici parce que le continent est trop loin à atteindre. Oui, j'aime ; j'ai aimé, en tout cas, ou du moins ai-je essayé d'aimer, mais le souvenir est si large et si profond et je ne peux pas traverser. Godlin-Flanders-Wakefield-Perrault…

C'était le mois de février le plus froid depuis que la météorologie nationale avait commencé à tenir ses registres, et vers le milieu du mois la glace couvrant le Chenal devint sûre. Des motoneiges bourdonnaient et gémissaient et parfois se retournaient quand elles abordaient mal les reliefs de glace. Les enfants tentèrent de faire du patin, trouvèrent la glace trop bosselée pour que ce soit amusant et retournèrent à l'étang de Godlin de l'autre côté de la colline, mais avant cela Justin McCraken, le fils du pasteur, coinça un patin dans une fissure et se brisa une cheville. On l'emmena à l'hôpital du continent où un médecin qui possédait une Corvette lui déclara :

– Fiston, tu vas avoir une cheville comme neuve.

Freddy Dinsmore mourut sans crier gare trois jours après que Justin McCraken se fut brisé la cheville. Fin janvier, il attrapa la grippe, ne voulut pas faire venir le médecin, raconta à tout le monde que ce n'était « qu'un rhume qu'il avait attrapé en allant prendre le courrier sans son écharpe », s'alita et mourut avant que quiconque ait pu le transporter sur le continent et le brancher sur toute la machinerie qui attendait des gens comme Freddy. Son fils George, pochard invétéré, même à présent qu'il avait atteint l'âge avancé (pour un pochard, du moins) de soixante-huit ans, trouva Freddy tenant d'une main un exemplaire du *Bangor Daily News,* tandis que non loin de l'autre était posée sa Remington non chargée. Il songeait apparemment à la nettoyer quand il était mort. George Dinsmore se lança dans une beuverie de trois semaines, ladite beuverie étant financée par ceux qui savaient que George allait toucher l'argent de l'assurance de son père. Hattie Stoddard se répandit partout en disant à qui voulait l'entendre que le vieux George Dinsmore n'était qu'un pécheur déshonoré et qu'il ne gagnait pas plus qu'un clochard.

Il y eut beaucoup de grippes. En ce mois de février, l'école ferma quinze jours au lieu de la semaine habituelle en raison du nombre d'élèves malades.

– Quand il n'y a pas de neige, il y a beaucoup de microbes, dit Sarah Havelock.

Vers la fin du mois, alors qu'on commençait à espérer le faux confort de mars, Alden Flanders à son tour attrapa la grippe. Il la promena pendant près d'une semaine puis s'alita avec quarante de fièvre. Comme Freddy, il refusa de faire venir un médecin et Stella se rongea d'inquiétude. Alden n'était pas aussi vieux que Freddy, mais en mai il aurait soixante ans.

Enfin, la neige vint. Dix-huit centimètres à la Saint-Valentin, dix-huit autres le 20, et le 29 février, ce bon vieux vent du nord apporta encore trente centimètres de neige. Blanche et étrange elle recouvrait l'étendue entre l'anse et le continent, formant comme un pré à moutons là où à cette époque de l'année il n'y avait jamais eu depuis des temps immémoriaux que le flot gris et houleux. Plusieurs personnes firent à pied le trajet jusqu'au continent et retour. On n'avait pas besoin de raquettes cette année-là, car la neige avait gelé, formant une croûte solide et luisante. Ils auraient pu aller boire un coup de whisky, pensa Stella, mais pas chez Dorrit. Son établissement avait été détruit par un incendie en 1958.

Et elle vit Bill à quatre reprises. Une fois il lui dit :

– Tu devrais venir vite, Stella. On va marcher. Qu'en dis-tu ?

Elle ne pouvait rien dire. Son poing était enfoncé profondément dans sa bouche.

– Tout ce que j'ai jamais désiré, tout ce dont j'ai eu besoin était ici, leur expliquait-elle. Nous avions la radio et maintenant nous avons la télévision, et c'est tout ce que je veux avoir du monde de l'autre côté du détroit. J'avais mon jardin, bon an mal an. Et les homards ? Eh bien, nous en avions toujours une marmite qui cuisait sur le poêle et nous la sortions et la

mettions derrière la porte dans le placard à provisions; quand le pasteur venait il voyait que nous ne mangions pas la « soupe du pauvre ». J'ai vu du beau et du mauvais temps et s'il y a eu des moments où je me demandais quel effet cela faisait d'être en chair et en os dans le magasin Sear's au lieu de passer commande sur le catalogue, ou d'aller dans un de ces supermarchés que j'ai vus à la télé au lieu de faire mes emplettes au magasin d'ici ou d'envoyer Alden de l'autre côté pour acheter quelque chose de spécial comme un chapon de Noël... ou s'il m'est arrivé, rien qu'une fois, d'avoir envie de me trouver dans Congress Street à Portland pour regarder tous ces gens dans leurs voitures et sur les trottoirs, d'apercevoir ainsi plus de gens d'un seul coup d'œil qu'il n'y en a ici sur toute l'île à l'heure actuelle... si j'ai jamais eu envie de ces choses-là, celles d'ici me faisaient encore plus envie. Je ne suis pas étrange. Je ne suis pas particulière, pas spécialement excentrique pour une femme de mon époque. Ma mère disait parfois : « Toute la différence au monde est entre le travail et l'envie », et je crois cela de toute mon âme. Je crois qu'il vaut mieux labourer en profondeur que sur une large surface. C'est mon coin, et je l'aime.

Un jour de la mi-mars, alors que le ciel était aussi vide et déclinant qu'une mémoire lacunaire, Stella Flanders s'assit dans sa cuisine pour la dernière fois, laça ses bottines sur ses maigres mollets pour la dernière fois et entoura son cou de son écharpe de laine rouge vif (un cadeau de Noël d'Hattie trois années plus tôt) pour la dernière fois. Elle portait sous sa robe les sous-vêtements d'Alden. La ceinture du caleçon arrivait juste au-dessous des flasques vestiges de sa poitrine, le tricot lui descendait presque jusqu'aux genoux.

Au-dehors, le vent soufflait encore et la radio avait annoncé de la neige pour l'après-midi. Elle mit son manteau et ses gants. Après un moment de réflexion, elle enfila une paire de gants d'Alden par-dessus les siens. Alden s'était remis de sa grippe et ce matin-là, en compagnie d'Harley Blood, il remettait la porte-tempête de Mme Bowie, qui venait d'avoir une fille. Stella l'avait vue et la malheureuse mouflette ressemblait comme deux gouttes d'eau à son père.

Elle se tint un moment devant la fenêtre, contemplant le Chenal et Bill était là comme elle s'y attendait, debout à peu près à mi-chemin de l'île et de La Tête, planté au milieu du Chenal comme Jésus-quittant-la-barque. Il lui faisait signe de la main, comme pour lui dire que le temps pressait si elle voulait mettre le pied sur le continent dans cette vie.

Si c'est ce que tu veux, Bill, songeait-elle avec inquiétude, *Dieu sait que moi, je n'y tiens pas.*

Mais le vent étouffa d'autres paroles. En fait, elle voulait. Elle voulait avoir cette aventure. L'hiver avait été douloureux pour elle – l'arthrite qui apparaissait et disparaissait avait fait un retour en force, brûlant les articulations de ses doigts et de ses genoux au feu d'une flamme rouge et d'une glace bleue. L'un de ses yeux avait faibli, s'était brouillé (et l'autre jour justement, Sarah avait avoué avec une certaine gêne que l'âtre qui se trouvait là depuis que Stella avait soixante ans semblait grandir par bonds et par brusques sursauts). Pire que tout, la douleur profonde qui lui poignait l'estomac était revenue et deux jours plus tôt, elle s'était levée à cinq heures du matin, s'était frayé un chemin sur le parquet délicieusement froid de la salle de bains et avait craché un énorme caillot de sang d'un rouge brillant dans la cuvette des toilettes. Ce matin-là, elle avait encore vomi de cette substance infecte, cuivrée et tremblante comme une gelée.

Les douleurs d'estomac apparaissaient et disparaissaient depuis cinq ans, avec des moments de rémission et d'aggravation, et elle savait pratiquement depuis le début que ce devait être un cancer. Cette maladie avait emporté son père et sa mère et le père de sa mère. Aucun d'eux n'avait vécu au-delà de soixante-dix ans et elle supposait donc qu'elle avait battu à plate couture les types de l'assurance.

– Tu manges comme un cheval, lui dit Alden, avec un large sourire, peu de temps après le début de ces douleurs et l'apparition des premières taches de sang dans les selles du matin. Tu ne sais pas que les vieux machins comme toi sont censés garder le ventre creux ?

– Excuse-toi ou je te gifle ! avait répondu Stella en levant la main devant la joue de son fils grisonnant qui recula la tête, et, par jeu, se recroquevilla et gémit :

– Non, maman ! Je le retire !

Oui, elle avait mangé de bon cœur, non parce qu'elle en avait envie mais parce qu'elle croyait (comme beaucoup de gens de sa génération) que si on nourrissait le cancer il vous laissait tranquille. Et ça avait peut-être marché, du moins pendant un moment ; le sang dans ses selles apparaissait et disparaissait, et puis il y eut de longues périodes où elle ne le vit plus du tout. Alden s'habitua à la voir se resservir à table (et se resservir une deuxième fois quand la douleur était particulièrement forte) mais elle ne prit jamais de poids.

Maintenant, il semblait bien que le cancer avait fini par prendre les proportions de ce que les mangeurs de grenouilles appellent *la pièce de résistance*[1].

Franchissant la porte, elle aperçut le chapeau d'Alden, celui qui avait des protège-oreilles en fourrure, pendu à l'un des portemanteaux de l'entrée. Elle s'en coiffa – le rebord tombait directement sur ses broussailleux sourcils poivre et sel – et jeta un dernier coup d'œil autour d'elle pour vérifier qu'elle n'avait rien oublié. Le poêle était au ralenti et Alden avait laissé le tirage trop ouvert – elle avait beau le lui répéter, c'était une chose qu'il n'arriverait jamais à faire correctement.

– Alden, tu brûleras un stère de plus par hiver quand je ne serai plus là, marmonna-t-elle, et elle ouvrit le poêle.

Elle jeta un coup d'œil à l'intérieur et un petit sursaut d'effarement, vite contenu, lui échappa. Elle claqua la porte du poêle et ajusta le tirage de ses doigts tremblants. Pendant un instant, rien qu'un instant, elle avait vu sa vieille amie Annabelle Frane dans les braises. C'était son visage de vivante, il n'y manquait pas même le grain de beauté sur la joue.

Et est-ce qu'elle ne lui avait pas cligné de l'œil ?

Elle pensa à laisser à Alden un mot pour lui dire où elle était allée, mais elle se dit que peut-être son cerveau lent, à sa façon, comprendrait.

Écrivant encore le billet dans sa tête – *Depuis le premier jour de l'hiver je vois ton père et il dit que mourir n'est pas si mal, du moins, je crois que c'est...* –, Stella sortit dans le jour blanc.

Le vent la secoua et elle dut raffermir le chapeau d'Alden sur sa tête avant que le blizzard ne s'amuse à le lui prendre et à le faire rouler au loin. Le froid sem-

1. En français dans le texte. (*N. d. T.*)

blait trouver la moindre ouverture dans ses vêtements et la vrillait – le froid humide de mars et la neige humide dans son esprit.

Elle descendit la colline en direction de la baie, en veillant à marcher sur les cendres et les bouts de brique que George Dinsmore avait répandus. Autrefois George avait été embauché par la ville de La Tête pour conduire le chasse-neige pendant le grand coup de froid de 77 ; il s'était complètement enivré de whisky et avait conduit l'engin tout droit non pas sur un, ni sur deux, mais sur trois pylônes électriques. La Tête avait été privée de lumière pendant cinq jours. Stella se souvenait encore de l'impression étrange qu'on avait en regardant de l'autre côté du Chenal et en ne voyant que la nuit. Le corps s'était habitué à voir ce vaillant petit nid de lumières. Maintenant George travaillait sur l'île et comme il n'y avait pas de chasse-neige, il ne risquait pas de causer autant de dégâts.

En passant devant la maison de Russel Bowie, elle vit sa veuve, d'une pâleur laiteuse, qui la regardait. Elle lui fit signe de la main. La veuve répondit de même.

Elle aimerait leur dire cela :

« Sur l'île, nous avons toujours réglé nos affaires nous-mêmes. La fois où Gerd Henreid a eu un vaisseau qui a éclaté dans la poitrine, on a économisé tout un été sur la nourriture pour lui payer une opération à Boston – et Gerd est revenu bien vivant, grâce à Dieu. Quand George Dinsmore a foncé sur ces pylônes et que la compagnie d'électricité a fait saisir sa maison, on s'est arrangés pour que la compagnie ait son argent et que George ait un boulot qui lui permette d'avoir ses

cigarettes et sa gnôle... Pourquoi pas ? il n'était bon à rien d'autre quand il avait fini sa journée de travail mais quand il était à la tâche il travaillait comme une bête de somme. La fois où il a fait des dégâts, c'était à cause de la nuit, il faisait nuit et la nuit a toujours été le moment où George buvait. Son père l'a nourri, au moins. Maintenant Mme Bowie est seule avec un autre enfant. Peut-être qu'elle va rester ici avec ses allocations et sa pension, et en fait, le plus vraisemblable c'est que ça ne suffira pas, mais on lui apportera toute l'aide dont elle a besoin. Elle partira probablement, mais si elle restait, elle ne mourrait pas de faim... et écoutez-moi, Lona et Hal : si elle reste elle pourra conserver quelque chose de ce petit monde avec son petit Chenal d'un côté et le grand Chenal de l'autre, quelque chose qu'il serait trop facile de perdre en vendant à la sauvette du hasch à Lewiston ou des beignets à Portland ou des boissons dans le quartier de Nashville North à Bangor. Et je suis assez vieille pour ne pas avoir besoin de battre la campagne quand il s'agit de définir ce que c'est : une façon d'être et une façon de vivre – une façon de sentir. »

Ils avaient aussi une autre manière de s'occuper de leurs affaires, mais de cela elle ne leur parlerait pas. Les enfants ne comprendraient pas, pas plus que Loïs et David, même si Jane savait la vérité. Il y avait eu l'enfant mongolien de Norman et Ettie Wilson, né avec ses pauvres petits pieds en dedans, un crâne chauve plein de creux et de bosses, les doigts palmés comme s'il avait rêvé trop longtemps et trop profondément en nageant dans le Chenal intérieur ; le révérend McCracken était venu baptiser l'enfant, et le lendemain Mary Dodge était venue, qui dès cette époque avait déjà mis au monde plus d'une centaine d'enfants, et Norman avait emmené Ettie au bas de la côte pour voir le nou-

veau bateau de Frank Child et bien qu'elle pût à peine marcher, Ettie l'avait accompagné sans se plaindre, mais elle s'était arrêtée à la porte pour jeter un regard en arrière sur Mary Dodge, qui tricotait calmement, assise près du berceau de l'idiot. Mary avait levé les yeux et quand leurs regards s'étaient croisés, Ettie avait fondu en larmes. « Viens », avait dit Norman, bouleversé. « Viens, Ettie, viens. » Et quand ils étaient revenus, une heure plus tard, le bébé était mort, une de ces morts subites du nourrisson – n'était-ce pas un décès miséricordieux s'il n'avait pas souffert ? Et bien des années auparavant, avant la guerre, durant la dépression, trois petites filles avaient subi un attentat à la pudeur en rentrant de l'école, ce n'était pas grave, du moins pas au point de laisser des séquelles physiques visibles et elles avaient raconté qu'un homme leur avait offert de leur montrer un jeu de cartes décorées de toutes sortes de chiens. « Je vous montrerai ce merveilleux jeu de cartes », avait dit l'homme, si vous venez avec moi dans les buissons et une fois là-dedans, l'homme avait dit : « Mais il faut d'abord que vous touchiez ça. » L'une des petites s'appelait Gert Symes, elle devait être nommée professeur de l'année pour l'État du Maine en 1978, pour son travail à Brunswick High. Et Gert, qui n'avait alors que cinq ans, avait raconté à son père qu'à une des mains de l'homme, il manquait des doigts. Une des deux autres petites avait abondé dans ce sens. La troisième ne se rappelait rien. Stella se souvenait qu'Alden était sorti par un jour orageux cet été-là et elle avait eu beau le questionner, il n'avait pas voulu lui dire où il allait. De la fenêtre, elle avait vu Alden retrouver Bull Symes au bout du chemin, et puis Freddy Dinsmore les avait rejoints et en bas dans la baie elle avait vu son propre mari, qu'elle avait envoyé dehors ce matin-là comme toujours, avec sa gamelle sous le bras.

D'autres hommes s'étaient ralliés à eux et finalement quand ils s'étaient mis en mouvement, elle en avait compté une bonne dizaine. Le prédécesseur du révérend McCracken était parmi eux. Et ce soir-là un type du nom de Daniels avait été découvert au bas de Slyder's Point, là où les rochers se dressaient, perçant le ressac comme les crocs d'un dragon noyé la bouche ouverte. Ce Daniels avait été embauché par Big George Havelock pour l'aider à consolider sa maison et à mettre un nouveau moteur dans son camion Model A. Il était du New Hampshire et c'était un beau parleur qui avait trouvé d'autres boulots inhabituels à faire pour quand il en aurait terminé chez Havelock... et à l'église, il savait chanter juste ! Apparemment, dirent-ils, Daniels se promenait au sommet de Slyder's Point et avait glissé, rebondissant tout le long de la pente jusqu'en bas. Il avait le cou brisé et le visage écrasé. Comme personne ne le connaissait, on l'avait enterré dans l'île et le prédécesseur du révérend McCracken avait prononcé l'éloge funèbre, louant l'ardeur au travail de ce Daniels et son obligeance, en dépit des deux doigts qui lui manquaient à la main droite. Puis il avait lu la bénédiction et le cortège funèbre s'en était retourné à la mairie où, à l'entresol, ils avaient bu du punch Za-Rex et mangé des sandwiches à la crème de fromage, et Stella n'avait jamais demandé à ses hommes où ils étaient allés le jour où Daniels était tombé du haut de Slyder's Point.

« Mes enfants, leur dirait-elle, nous réglions toujours nos affaires nous-mêmes. Il le fallait bien, car le Chenal était large à l'époque et quand le vent rugissait et que le ressac battait la côte et que l'obscurité venait tôt, eh bien, nous nous sentions très petits – guère plus que des atomes de poussière dans l'esprit de Dieu. Alors il était naturel de nous donner la main les uns aux autres.

« Nous nous donnions la main, mes enfants, et s'il y avait des moments où nous nous demandions à quoi cela servait, ou s'il existait vraiment une chose comme l'amour, c'était seulement parce que nous avions entendu le vent et les flots dans les longues nuits d'hiver et que nous avions peur.

« Non, je n'ai jamais ressenti le besoin de quitter l'île. Ma vie était là. Le Chenal était plus large en ce temps-là. »

Stella atteignit la baie. Elle regarda à droite et à gauche, le vent faisant voltiger sa robe derrière elle comme un drapeau. S'il y avait eu du monde elle serait descendue et aurait tenté sa chance dans le chaos de roches, bien qu'elles fussent luisantes de glace. Mais il n'y avait personne et elle remonta la jetée, passant devant le vieux hangar à bateaux de Symes. Elle atteignit l'extrémité de la jetée et se tint là un moment, la tête levée, le vent s'insinuant en courants d'air alanguis sous les protège-oreilles rembourrés du chapeau d'Alden.

Avec un grognement, elle s'assit au bord de la jetée et puis posa un pied sur la croûte de neige en dessous. Ses bottes s'enfoncèrent un peu ; pas trop. Elle rajusta le chapeau d'Alden – comme le vent tenait à le lui arracher ! – et se mit en marche vers Bill. Elle pensa une fois à se retourner, mais s'en abstint. Elle pensait que son cœur ne le supporterait pas.

Elle marchait, ses bottes s'enfonçant en craquant dans la croûte, et écoutait le léger bruit de succion de la glace. Bill était là-bas, un peu plus loin maintenant, mais il lui faisait toujours signe. Elle toussa, cracha du sang sur la neige blanche qui couvrait la glace. Maintenant le Chenal dévoilait toute son étendue vide des deux côtés et elle pouvait pour la première fois de sa vie lire le panneau CHEZ STANTON, TOUT POUR LA PÊCHE ET LE BATEAU sans utiliser les jumelles d'Alden. Elle voyait les voitures qui filaient dans les deux sens dans la rue principale de La Tête et elle songea avec un réel sentiment d'étonnement : *Ils peuvent aller aussi loin qu'ils veulent... Portland... Boston... New York. Imagine !* Et elle pouvait presque imaginer une route qui se déroulait simplement à l'infini, les frontières du monde largement repoussées.

Un flocon de neige tourbillonna devant ses yeux. Un autre. Un troisième. Bientôt une neige légère tombait et elle marchait à travers un aimable monde de blancheur brillante et mouvante ; la Tête-du-Raton-Laveur se drapa d'un rideau de gaze qui parfois se déchirait. Elle leva la main pour rattraper une nouvelle fois le chapeau d'Alden et la neige lui rabattit la visière sur les yeux. Le vent tordait des films de neige fraîche et dans l'une des formes qu'il dessinait elle vit Carl Abersham, disparu en mer avec le mari d'Hattie Stoddard sur le *Dancer.*

Mais l'éclat de la neige se ternit, au fur et à mesure qu'elle se faisait plus épaisse. La rue principale de La Tête s'éloigna, s'éloigna et finit par disparaître. Pendant un moment encore elle put distinguer la croix sur l'église et puis elle s'évanouit aussi, comme un rêve trompeur. Le dernier à s'en aller fut le panneau brillant en jaune et noir CHEZ STANTON, TOUT POUR LA PÊCHE ET LE BATEAU, enseigne d'une boutique où l'on pouvait aussi trouver du carburant pour les moteurs, du papier tue-mouches, des sandwiches italiens et de la Budweiser à emporter.

Puis Stella marcha dans un monde totalement dépourvu de couleurs, un rêve neigeux en gris-blanc. *Tout comme Jésus-sortant-du-bateau,* pensa-t-elle et enfin elle regarda en arrière mais maintenant l'île aussi avait disparu. Elle voyait ses traces s'éloigner, se brouiller jusqu'à ce qu'elle ne distingue plus que les demi-cercles de ses talons... et puis plus rien.

Plus rien du tout.

Elle pensa : *C'est le brouillard blanc. Il faut que tu fasses attention, Stella, ou tu n'arriveras jamais sur le continent. Tu marcheras en rond, tu feras un grand cercle jusqu'à ce que tu sois épuisée et alors tu mourras de froid.*

Elle se souvint que Bill lui avait dit une fois que quand on est perdu dans les bois, il faut faire comme si on boitait de la jambe droite pour les droitiers, de la gauche pour les gauchers. Sinon la bonne jambe prend le dessus et on tourne en rond sans s'en rendre compte jusqu'au moment où l'on retrouve ses propres traces. Stella pensait qu'elle ne pouvait s'exposer à ce qu'une chose pareille lui arrive. De la neige aujourd'hui, ce soir et demain, avait annoncé la radio, et dans un brouillard blanc comme celui-ci, elle ne saurait même pas si elle était retombée sur sa piste, car le vent et la neige fraîche l'auraient effacée longtemps avant qu'elle la retrouve.

En dépit des deux paires de gants qu'elle portait, ses mains l'abandonnaient, et ses pieds avaient disparu depuis un moment. D'une certaine façon, c'était presque un soulagement. Au moins l'engourdissement faisait-il taire la clameur de son arthrite.

Stella commençait à boiter à présent, faisant travailler davantage sa jambe gauche. L'arthrite de ses genoux ne s'était pas endormie et bientôt ils hurlaient contre elle. Ses cheveux blancs voltigeaient derrière elle, ses lèvres s'étaient crispées, découvrant les dents (elle avait encore les siennes, quatre intactes) et elle regardait droit devant, espérant que cette enseigne jaune et noir se matérialiserait sur la blancheur volante.

Il n'en fut rien.

Un moment plus tard, elle remarqua que la blancheur brillante se ternissait, se transformait en un gris plus uniforme. La neige tombait plus lourde et plus épaisse que jamais. Ses pieds s'enfonçaient toujours dans la croûte mais maintenant elle avançait à travers cinq centimètres de neige fraîche. Elle baissa les yeux sur sa montre, mais elle était arrêtée. Stella s'aperçut qu'elle avait dû oublier de la remonter pour la première fois depuis vingt ou trente ans. À moins qu'elle ne se soit arrêtée pour de bon ? C'était celle de sa mère et à deux reprises, elle l'avait fait porter par Alden à La Tête où M. Dostic avait commencé par s'en émerveiller avant de la nettoyer. Sa montre au moins était déjà allée sur le continent.

Elle tomba pour la première fois un quart d'heure environ après qu'elle eut commencé à remarquer la grisaille croissante du jour. Pendant un moment elle resta sur les mains et les genoux, en se disant que ce serait facile de rester là, de se recroqueviller et d'écouter le vent, et puis la détermination qui l'avait fait avancer à travers tant d'obstacles lui revint et elle se releva en grimaçant. Elle se tint debout dans le vent, regardant droit devant elle, voulant que ses yeux voient... mais ils ne virent rien.

Il va bientôt faire noir.

Bon, elle s'était trompée de direction. Elle avait dû dévier d'un côté ou de l'autre. Autrement elle aurait déjà atteint le continent. Mais elle ne croyait pas s'être égarée au point d'aller parallèlement au continent ou même de retourner en direction de La Chèvre. Un navigateur intérieur lui murmurait qu'elle avait surcompensé et dévié sur la gauche. Elle pensait approcher du continent, mais suivant une diagonale par rapport à la côte.

Dix minutes plus tard (à présent le gris était vraiment profond, et elle se retrouvait dans le bizarre crépuscule d'une forte tempête de neige) elle tomba de nouveau, essaya de se relever, échoua et réussit enfin à se remettre sur pied. Elle demeura chancelante dans la neige, à peine capable de se tenir debout dans le vent, des vagues de faiblesse déferlant dans sa tête, lui donnant tour à tour des sensations de lourdeur et de légèreté.

Peut-être le rugissement dans ses oreilles n'avait-il rien à voir avec le vent, mais ce fut sûrement le vent qui réussit enfin à lui arracher le chapeau d'Alden. Elle fit un mouvement pour le saisir, mais le vent l'éloigna avec aisance hors de sa portée. Un bref instant, elle l'aperçut qui bondissait gaiement en s'éloignant de plus en plus dans le gris qui s'assombrissait, brillante tache orange. Il s'abattit sur la neige, roula, s'éleva de nouveau, disparut. Maintenant ses cheveux volaient librement autour de sa tête.

– Ça va très bien, Stella, dit Bill. Tu peux prendre le mien.

Elle sursauta et scruta la blancheur autour d'elle. Ses mains gantées s'étaient portées instinctivement à sa poitrine, et elle sentit des ongles aigus lui griffer le cœur.

Elle ne vit rien que des voiles de neige mouvants – et puis, sorti de cette gorge grise du soir, dans laquelle le vent hurlait comme la voix du diable dans un tunnel de neige, son mari s'avança. D'abord ce ne furent que des couleurs bougeant dans la neige : rouge, noir, vert foncé, vert plus clair, puis ces couleurs s'assemblèrent pour former une veste de flanelle à grand col, un pantalon de flanelle et des bottes vertes. Il tendait son chapeau dans sa direction, en un geste qui paraissait d'une courtoisie presque absurde et son visage était celui de Bill, sans les marques du cancer qui l'avait emporté (était-ce cela qui l'effrayait ? l'idée que l'ombre ruinée de son époux s'approcherait d'elle, silhouette décharnée de camp de concentration avec la peau tendue et brillante sur les pommettes et les yeux profondément enfoncés dans les orbites ?) et elle éprouva un sentiment de soulagement.

– Bill ? C'est vraiment toi ?

– 'videmment...

– Bill, répéta-t-elle, et elle posa sur lui un regard joyeux.

Ses jambes se dérobèrent et elle crut qu'elle allait tomber, tomber, à travers lui – n'était-il pas un fantôme ? – mais il la prit dans ses bras avec autant de force et de compétence que les bras qui l'avaient portée au-dessus du seuil de la maison qu'elle ne partageait plus qu'avec Alden ces dernières années. Il la soutint et un moment plus tard, elle sentit le chapeau fermement enfoncé sur sa tête.

– C'est vraiment toi ? demanda-t-elle de nouveau, en levant les yeux sur son visage, sur les pattes-d'oie qui ne s'étaient pas encore creusées, sur l'épaule enneigée de sa veste de chasse, sur ses vivaces cheveux châtains.

– C'est bien moi. Nous sommes tous là.

Il pivota à demi en l'entraînant dans le mouvement et elle vit les autres émerger de la neige que le vent poussait à travers le Chenal dans l'obscurité croissante. Un cri de peur et de joie mêlées s'échappa de sa bouche quand elle vit Madeline Stoddard, mère d'Hattie, dans une robe bleue qui claquait au vent comme une cloche et tenant par la main le papa d'Hattie, qui était non pas un squelette tombant en poussière dans le fond de l'océan avec le *Dancer,* mais un homme jeune et au corps intact. Et derrière eux, il y avait deux...

– Annabelle ! cria-t-elle, Annabelle Frane, c'est toi ?

C'était bel et bien Annabelle ; même dans cette neige luisante Stella reconnut la robe rose qu'Annabelle avait portée au mariage de Stella, et tandis qu'elle se frayait un chemin vers son amie morte, serrant le bras de Bill, elle songea qu'elle devait sentir le parfum des roses.

– Annabelle !

– Nous sommes presque tous là maintenant, ma chérie, dit Annabelle en lui prenant l'autre bras.

La robe rose qui à l'époque avait été considérée comme *osée* (mais, au crédit d'Annabelle, et au soulagement de tous, non pas tout à fait comme *scandaleuse*) découvrait les épaules mais Annabelle ne paraissait pas sentir le froid. Sa chevelure, d'un auburn sombre, se déroulait sur toute sa longueur dans le vent.

– Un tout petit peu plus loin.

Elle prit l'autre bras de Stella et ils se remirent en marche. D'autres silhouettes se détachèrent de la nuit enneigée (car il faisait nuit maintenant). Stella reconnut la plupart d'entre elles, mais pas toutes. Tommy Frane avait rejoint Annabelle ; le Grand George Havelock, qui était mort comme un chien dans les bois, marchait derrière Bill ; il y avait le type qui avait gardé le phare à La Tête pendant plus de vingt ans et venait dans l'île en février pour le tournoi de cartes que Freddy Dinsmore organisait – Stella avait son nom sur le bout de la langue. Et il y avait Freddy soi-même ! À côté de Freddy, seul, l'air ahuri, marchait Russel Bowie.

– Regarde, Stella, dit Bill et elle vit des formes noires surgir des ténèbres comme les proues brisées d'innombrables navires.

Ce n'étaient pas des bateaux, mais des roches éclatées et fissurées. Ils avaient atteint La Tête. Ils avaient traversé le Chenal.

Elle entendit des voix, sans être sûre qu'ils parlaient vraiment :

Prends-moi la main, Stella...

(est-ce que)

Prends-moi la main, Bill...

Annabelle... Freddy... Russel... John... Ettie... Frank... prenez-moi la main, prenez-moi la main... la main.

(est-ce que tu aimes)

– Veux-tu me prendre la main, Stella ? demanda une nouvelle voix.

Elle regarda autour d'elle et vit que Bull Symes était là. Il lui souriait gentiment et pourtant elle sentit en elle une sorte de terreur pour ce qu'elle avait devant les yeux et pendant un instant elle résista, s'accrochant plus fort à la main de Bill.

– Est-ce que c'est...

– Le moment ? compléta Bill. Eh oui, Stella, je crois. Mais ça ne fait pas mal. Du moins, c'est ce qu'on a toujours dit. Ç'a toujours été ainsi jusqu'à présent.

Tout à coup, elle fondit en larmes – elle pleura toutes les larmes qu'elle n'avait jamais pleurées et sa main dans la main de Bill, elle dit :

– Oui, pour l'avenir, pour le passé, pour le présent.

Ils formaient un cercle dans la neige, les morts de l'île de la Chèvre, et le vent hurlait autour d'eux, poussant des paquets de neige, et une espèce de chant monta de leur assemblée. Il s'élevait dans le vent et le vent l'emportait au loin. Tous chantèrent alors, comme chanteraient les enfants de leurs voix claires et douces quand le soir d'été se fondrait dans la nuit. Ils chantaient, et Stella sentit qu'elle allait vers eux et avec eux, qu'elle avait enfin traversé le Chenal. Il y eut un peu de douleur, mais pas trop ; la perte de sa virginité avait été plus douloureuse. Ils formaient un cercle dans la nuit. La neige tourbillonnait autour d'eux et ils chantaient. Ils chantaient et...

... et Alden ne le raconterait pas à David et à Loïs mais l'été qui suivit la mort de Stella, quand les enfants vinrent pour leurs quinze jours de séjour annuels, il le raconta à Lona et à Hal. Il leur raconta que durant les grandes tempêtes d'hiver le vent chantait avec des voix presque humaines et que parfois il lui semblait presque saisir les paroles : « Loué soit Dieu pour ses largesses, louez-le, créatures d'ici-bas... »

Mais ce qu'il ne leur raconta pas (vous voyez le lent Alden, dépourvu d'imagination, dire de telles choses à haute voix, même à des enfants ?) c'est que parfois il entendait ce son et avait froid même près du poêle ; qu'il cessait de tailler son bâton, ou bien posait le casier qu'il avait eu l'intention de réparer, en songeant que le vent chantait avec toutes les voix de ceux qui étaient morts et avaient disparu... et ils étaient quelque part sur le Chenal, à chanter comme le font les enfants. Il lui semblait entendre les voix et ces nuits-là il rêvait parfois qu'il chantait la doxologie à ses propres funérailles.

Il y a des choses qu'on ne raconte jamais et des choses non pas exactement secrètes, mais qui ne se discutent pas. On avait retrouvé Stella morte de froid sur le continent le lendemain de la tempête. Elle était assise sur un siège naturel formé par la roche à une centaine de mètres au sud des limites de la ville de La Tête, gelée aussi proprement qu'on voudra. Le médecin qui possédait la Corvette dit que franchement il était étonné. Elle avait dû marcher pendant six kilomètres et l'autopsie, requise par la loi dans les cas de mort inattendue et inhabituelle, révéla un cancer très avancé – en vérité, la vieille dame en était complètement rongée. Est-ce qu'Alden devait dire à David et à Loïs que le chapeau qu'elle portait n'était pas celui de son fils ? Larry McKeen l'avait reconnu. De même que John Bensohn. Il l'avait vu dans leurs yeux et il supposait qu'ils l'avaient vu dans les siens. Il n'avait pas vieilli au point d'oublier le chapeau de son père, la forme de la visière ou les endroits où la fourrure était arrachée.

« Ces choses-là sont faites pour qu'on y pense lentement, aurait-il dit aux enfants s'il avait su en parler. Ce sont des choses sur lesquelles il faut réfléchir tout au long, pendant que les mains font leur travail et que le café attend pas loin dans une solide chope chinoise. Ce sont peut-être bien les questions du Chenal : Est-ce que les morts chantent ? Et est-ce qu'ils aiment les vivants ? »

La nuit, après que le bateau de Al Curry eut ramené sur le continent Lona et Hal et leurs parents, les enfants debout à la poupe lui faisant des signes d'adieu, Alden examinait la question, et d'autres, et l'affaire du chapeau de son père.

Les morts chantent-ils ? Aiment-ils ?

Durant ces longues nuits de solitude, après que sa mère Stella Flanders eut à la fin des fins rejoint la tombe, Alden avait souvent le sentiment que les morts faisaient l'un et l'autre.

Achevé d'imprimer en Italie par Grafica Veneta
en mai 2021
Dépôt légal juin 2021
EAN 9782290261873
OTP L21ELLN001106N001
1er dépôt légal dans la collection janvier 1994

ÉDITION J'AI LU
87, quai Panhard-et-Levassor, 75013 Paris
Diffusion France et étranger : Flammarion

Librio
4